I0714489

AHETU
VOZES DESPRENDIDAS

CONTOS

KUJIKULA
abra sua mente

AUTORA: Cláudia Cassoma

www.claudiacassoma.com

TÍTULO: Ahetu: Vozes Desprendidas
COLECÇÃO AUTORAL: Ahetu

VOL.1

PREFÁCIO: Myrian Naves
POSFÁCIO: Domingas Monte
ILUSTRAÇÃO: Juanita Mulder

COMPOSIÇÃO GRÁFICA

Cláudia Cassoma / Kujikula

REVISÃO & CORRECÇÃO

Leopoldina Fekayamãle & Myrian Naves

EDITORA: Kujikula

kujikula@gmail.com

ISBN: 9781732665330

1ª Edição — 8 de Março de 2018
2ª Edição — 8 de Março de 2019

CLÁUDIA CASSOMA

AHETU
VOZES DESPRENDIDAS

COLECÇÃO MULHERES

PARA homenagear,
adestrar, empoderar
e transformar.

PREFÁCIO

MYRIAN NAVES

Myrian Naves é brasileira, professora de Língua Portuguesa e Literatura Brasileira, graduada em Língua Portuguesa e Literatura Brasileira, pós-graduada em Literatura Brasileira, ambas pela Pontifícia Universidade Católica de Minas Gerais.

«AHETU: VOZES DESPRENDIDAS», DE CLÁUDIA CASSOMA: A ESCRITA EM GERÚNDIO OU UMA ESCRITA RUMO À IDENTIDADE.

MYRIAN NAVES

Eis a ficcionista luandense Cláudia Cassoma, residente nos Estados Unidos, aos vinte e quatro anos e em seu quarto livro, "Ahetu: vozes desprendidas". Vem em contínuo, trazendo esses oito contos que parecem guardar em si um fio condutor plausível, que percorre o livro e o forma como coisa inteira. Na costura de histórias, no silêncio suspensivo entre um e outro relato, no acto de coser o cotidiano desse universo plausível que criou a partir do nosso tempo. Traz a figura feminina contemporânea em diferentes tramas e cenários, se angolanos, luandenses, são universais e diversos como o são suas personagens femininas e suas circunstâncias.

No mundo das personagens existem diversos temperamentos a compor histórias submersas no caldo social contemporâneo e em uma linguagem que flui com leveza, elegância. Quem as lê, penetra nesse universo e o faz sem grandes sustos pela condução, por percorrê-lo com o olhar cotidiano.

Entre histórias comuns e repetitivas de submissão e dependência feminina não extirpada, há os relatos em que personagens femininas surgem livres para voltar ao relacionamento _ agir, mesmo na dúvida. Livres na busca pelo próprio prazer, sem fazer uso dos papéis de subserviência, nem dar a conhecer sua realidade. Há atitude em abandonar a família, o marido e também algoz. Deixar para trás o estupro, ir. Há possibilidade apenas no desconhecido. Ir sem opção de voltar se torna uma atitude exemplar à filha, aos filhos.

Ao narrar os silêncios nas relações do cotidiano comum de pessoas comuns, ao optar por narrar cenas silenciosas, mas activas, encontra uma das várias costuras entre os contos. Expõe o silêncio das personagens durante interações. Olhares, posturas, o monólogo interno, atitudes narradas em detrimento do diálogo expõem o universo posto. O silêncio como método, mesmo assim, gestos, olhares, posturas, monólogos interiores comunicam, dialogam. Perante as expectativas da aldeia, perante o algoz.

Perante o passado ainda presente. Narra o silêncio do homem que medita à ausência da mulher versus o da mulher que, no outro lado da porta, em silêncio e sem certezas, reconhece onde está seu desejo e volta. Como se não coubesse mais o diálogo e fosse forma de adiamento infinito. Dada a incomunicabilidade entre os seres, monólogos interiores tomam a cena. E ao abrir mão da esperança de compreensão, agir torna-se a comunicação eficaz.

Uma leitura sobre a obra de uma poeta, escritora do século XXI e que chega com testemunho pleno de humanidade a seu quarto livro _ o primeiro de contos; não poderia deixar de nos levar à análise da instituição do cânone que determina a literatura representativa, a ordem inteligível da Literatura de uma cultura, região, país. E ao facto de que, numa cultura patriarcal, anteriormente a literatura de autoria feminina não aparecia, minoria que não se tornava visível.

No contexto, há que situar a produção literária de autoria feminina em seu tempo e lugar, promovendo uma leitura sistematizada que fundamenta o espaço da escrita feminina, garante-lhe "status quo", a necessária revisão crítica das obras já escritas em sua Língua e permite a continuidade de leitura bem mais aprofundada da Literatura de uma Cultura, região, país.

A partir do século XXI e dessa equidade em processo, ao mesmo tempo em que se faz uma revisão crítica das narrativas centradas na figura do homem, o mesmo olhar crítico é posto nas personagens femininas em sua grande maioria, advindas de uma visão utilitarista em que surgem submissas, serviçais, dependentes. Nomeadas filhas ou mulheres de alguém. Domésticas ou desprovidas de vida pessoal, assexuadas, masculinizadas ou prostituídas. Destituídas de algum poder a elas atribuído pelo pai ou marido. Trancafiadas, tidas como loucas ou bruxas. De passado obscuro ou nem mencionado. Mortas por algozes ou pelo apagamento _ nunca nomeadas, pois, alijadas do convívio familiar. Revisão crítica que dá maior visibilidade ainda a louváveis exceções que cumprem a regra, portanto, maior representatividade.

Uma mulher que escreva num contexto masculinista de uma instituição quebra o paradigma, no caso, de que a Literatura é um espaço masculino. Desse facto podem decorrer acções de internalização e rectificação de padrões vigentes; contestação na escrita, a tais padrões; de defesa, dentro da própria instituição, dos direitos e valores dessa minoria. Proporciona a vivência dessa prática literária, a autodescoberta e a identidade própria já numa fase em que toda a instituição seja participante e comungue da lógica de equidade. Um processo em andamento.

Cláudia Cassoma, em seu quarto livro, Ahetu: Vozes Desprendidas, escreve ainda num contexto masculinista, se tomarmos como referência a Literatura de seu país ou da maioria dos países, nos diversos continentes do nosso planeta. Contesta na escrita padrões vigentes, defende direitos e valores dessa minoria com dicção, destreza e testemunho humano de densidade, já com identidade e dicção própria.

Suas histórias, cenários e tramas apresentam inclinações bem díspares. No universo criado pela escritora coexistem a modernidade, as necessidades de mão-de-obra feminina e masculina no mundo do trabalho, diferenças de classe, a liberdade sexual, a moralidade profundamente conservadora. A atitude de guerrilha de uma jovem, ao minar expectativas familiares e sociais desde a fase inicial da adolescência, convivendo com métodos patriarcais para excluir a mulher da produção, visando a manutenção de seus papéis tradicionais e sua dependência econômica ao casamento tradicional. A exclusão através da insegurança no espaço público, que pode ser consequência da violência da guerra. O velamento da violência contra a mulher no espaço privado à família. A coerção, o estupro.

Há também figuras femininas em sua liberdade de ser, como a personagem narrada pelo olhar do homem que a descobre plena, mesmo não correspondido pela mulher que, na relação a dois, se entrega ao próprio prazer e não ao homem. E outras que chegam a lutar por sua individualidade, mas pelos filhos aceitam o feminicído que as mata em vida.

A resolução de seus contos não dá vez à tragédia, em maioria, são resoluções possíveis. Traz o comportamento feminino contemporâneo funcionando o melhor que pode, dentro de uma pequena perspectiva estanque, delimitada pelas fronteiras do respectivo cotidiano. Suas soluções frente a tradicionais conflitos e repetitivos rituais de dominação cometidos contra a mulher no dia-a-dia. Isso basta para colocar esse compartimento aparentemente fechado que é cada personagem em contato direto com a História com que cada um de nós convive em seu lugar, em sua cultura, através das pequenas histórias que compõem o seu cotidiano. Mesmo que não saiba e nem queira saber.

Faz mergulhar no cotidiano das histórias desse universo ficcional posto no século XXI, onde coexistem mitos e traumas, amores trágicos e não tão trágicos assim.

A produção literária de autoria feminina ainda é incipiente nos países africanos de Língua Portuguesa, o que parece um contrassenso, dada a importância dos papéis desempenhados pelas mulheres durante as lutas pela liberdade nas organizações de luta contra o colonialismo.

A literatura angolana se solidificou no final dos anos 1940, dos anos 1950 e 1960 em diante houve continuo processo de crescimento e amadurecimento literário. Hoje tem suas bases literárias consolidadas.

Ahetu, mulheres, em Kimbundu — a segunda Língua Bantu mais falada em Angola. Agora é a voz de Cláudia Cassoma em expressão de sua subjetividade a juntar seu "Ahetu: vozes desprendidas" às vozes da Literatura Angolana. Vem com os silêncios narrados, sua fala quente, jovem e em gerúndio. Não deve vir só.

AUTORAL

CLÁUDIA CASSOMA

UMA CARTA ÀS MINHAS IRMÃS

CLÁUDIA CASSOMA

Manas,

Espero que esta carta vos encontre bem.

Escrevo para dizer que estou aqui; que podem absolutamente contar comigo.

Seria uma grande ilusão me sentar aqui e julgar entender tudo. Não tenciono fazer isso. Não tenciono assumir que a minha dor é de alguma maneira igual a vossa, que os nossos gritos ecoam as mesmas mágoas e nem que a felicidade que procuro é a mesma que vocês procuram. Não! Não me sento aqui assumindo saber ou entender o que vivem me baptizando especialista nas vossas dores, nem mesmo quando passo por algo igual ou semelhante. Não assumo que meus medos são nossos, tampouco quando temos em comum o mesmo sentimento de aversão, quando nos abraça a mesma fobia.

Talvez jamais venha a entender o que faz algumas de vocês ficarem tanto tempo num relacionamento tóxico; o que vos prende num trabalho que não vos dignifica ou progride, nem mesmo o que esteve na vossa decisão de criar uma família em vez de uma carreira ou, ainda, no caso de algumas, o que fez assumirem as duas opções. Não me esqueço de vocês, minhas queridas irmãs, vocês que decidiram ser só e que, por isso, são diariamente crucificadas.

Às manas cobertas das manchas do longo e sofrido constrangimento físico e/ou moral, só o meu sentimento de compaixão. Jamais entenderei o que pensaram quando guardaram a sete chaves os abusos que, por muito, toleraram; não só os contra vocês, mas os contra as outras que desoprimiram em segredo. Talvez tenham se sentido pequenas, incapazes ou qualquer outra coisa pior. Jamais entenderei como limparam o sangue deixado entre as vossas pernas e foram como se nada tivesse acontecido, jamais entenderei isso. Se não tivesse o pungente conhecimento que tenho, condenar-vos-ia por fracassarem, por não terem prestado queixa ou feito o que fosse para que tal mal não se repetisse. Mas, infelizmente, essa verdade está num plural que também me envolve.

De maneira alguma, tenciono julgar entender o que sentem quando são injuriadas pela cor, pelo tamanho ou pela textura do vosso cabelo, nem mesmo quando passo por isso também; quando o tamanho e a forma do nosso nariz e o tom da nossa pele se fazem motivo de escárnio; quando, em geral, o nosso senso de moda é tido como expressão dos nossos desejos e é, por isso, agressivamente arrancado de nós.

De maneira alguma, intento ser insensível às nossas diferenças. Porém, escrevo com uma enorme esperança de que será por estas mesmas dissemelhanças que construiremos o nosso ponto de intersecção. Que promoveremos a nossa união e que chegaremos a um futuro tolerável para todas nós. Um futuro onde nossas irmãs, filhas, sobrinhas, netas, e todas as meninas que ainda estão por conhecer as atrocidades deste mundo tenham um espaço para viverem sem os medos com que vivemos hoje.

Não pretendo me sentar aqui e julgar entender-vos a todas pelo simples facto de também ter uma vagina, mas pretendo me sentar aqui e dizer que nada me deixaria mais feliz do que ganhar uma oportunidade de vos ouvir e de ser ouvida por vocês. Sento-me aqui confiante de que esta carta vos fará ver em mim alguém não só com capacidade para entender, mas com uma imensa vontade de o fazer. Sento-me aqui também crendo que com ela, finalmente, olharão ao vosso redor e notarão as outras, as que também enfrentam o mundo e procuram mudá-lo tal como vocês. E, venturosamente, entenderão que não é necessário irem sozinhas. Verão, nestas magras linhas, razão suficiente para considerarem uma união independente das nossas diferenças e por elas também.

Assumo ser pequena e limitada e não vos burlo com promessas vazias, mas recuso-me a aceitar que isso determinará a qualidade do nosso êxito. Nenhuma mudança cairá do céu e removerá os espinhos por onde andamos, portanto, aqui mesmo, como somos, como estamos, com o que temos, vamos começar a arquitectar a mudança que há muito ambicionámos.

Juntas, podemos!

GRATULAÇÃO

Culpo-vos a todos!

Primeiro, a vocês que desde cedo se entregaram como base fidedigna dessa loucura congénita que carrego pela arte da palavra; vocês que se nutrem com a razão da minha gratificante espertina; vocês que depositam confiança em mim e, com o que podem, apoiam. Culpo os que de forma incansável salientam defeitos e qualidades ocasionando o sempre ansiado crescimento. Culpo a todos! Não pensa que escapas por te veres como mero leitor; ah, não! Não escapas. Primeiro, estás longe de ser mero. Segundo, culpo-te por aceitares aprender comigo me deixando partilhar o pouco que existe em minha atestada cachimónia. Por isso e mais, culpo a todos pelo amparo e por me fazerem amar, todos os dias mais, essa arte que já é grande parte do que sou.

Hoje, indignada, culpo também os calados; os que se posicionam como espectadores impassíveis. Igualmente culpo os murmuradores inactivos. Por outro lado, esperançosa, culpo os que berram; os incansáveis, seres diligentes. Com o coração penoso, culpo as que sofrem há muito; as que vivem assombradas, limitadas, dentre outras coisas, ultrajadas. Culpo todas as minhas irmãs por inspirarem essa obra, por me darem força e por ocasionarem coragem. Culpo-as por isso e muito mais.

Culpo a todos!

Culpo de forma especial as mulheres engenhosas que aceitaram renegar a ideia de que mulheres são incapazes de trabalhar em cooperação juntando-se, sem reserva, e com paixão, ao projecto: Myrian Naves, por ter aceito o convite para escrever o prefácio e a professora Domingas Monte, pela mesma reação, mas pelo posfácio. Culpo as duas pela alegria que me ocasionaram ao tornarem este trabalho muito mais elucidante, ao viverem sua vida e ao contribuírem com a exuberância da vossa sabedoria.

Mana Leopoldina, não encontro palavras para te culpar como mereces. O tamanho da tua culpa é um que ainda não sei determinar. És uma das mais culpadas pela beleza do trabalho que hoje temos para usufruir. Te vou culpar para sempre por acreditares tanto em mim quanto nessa obra quando poucos o fizeram. Culpo-te com o coração aos saltos por decidires viajar comigo por vias desse projecto que vemos ir longe. Culpo-te também por teres visto isso quando ninguém mais o fez; por partilhares, tão abertamente, do meu entusiasmo. Culpo-te por te fazeres essencial para o sucesso da construção dessa ferramenta que cremos ser poderosa.

À ti, que agora entras em contacto com essa obra em prosa e viajas pelas vidas abordadas, também gostaria de ceder culpa. Gostaria de culpar-te por dares o primeiro passo e por participares da solução.

Contente, culpo-vos a todos.

INTRODUÇÃO

Não espere respostas neste livro. Este não é um manual de instruções; não é mais uma mera receita—uma fórmula terminante que expõe os ingredientes e modos de agir contra os diversos problemas que enfrentamos como sociedade. Esta obra não é fim, pelo contrário, é outro começo. É um movimento de reflexão e luta. Esta obra em prosa é uma oportunidade para fazer convergir políticas, interesses, vivências, sonhos, e mais...é um caminho que, esperançosamente, estimulará momentos mais favoráveis. **AHETU: Vozes Desprendidas** é o primeiro volume da *Colecção Mulheres* — essa que é uma colecção autoral criada para abordar, como o título sugere, a mulher.

Neste forçoso processo de mudança social inclusiva, *AHETU: Vozes Desprendidas* é uma arma. Entre os contos, munições de vários tipos. Por exemplo: em *Boa Sorte, Dieji!*, deparamo-nos com a coragem como meio de defesa e subsistência contra os efeitos dos padrões sociais claramente limitantes e lesivos para seres humanos do sexo feminino. (...) *Na Manhã Seguinte* é um conto que aborda um assunto calado em muitas sociedades, mas que vigorosamente afecta as mulheres—a liberdade, mais especificamente, a liberdade sexual. Dentre outras coisas, este conto nos serve audácia e sugere uma doze de resistência. *Mais Filhos Pelos Filhos Já Temos* é, infelizmente, outro retrato válido de uma porção civil, todavia marginalizada. Este livro, nas linhas dos contos supracitados, e outros, dá sequência a conversas iniciadas, em verdade, há muito: no conforto das nossas casas, na solidão dos nossos becos, na segurança dos bancos das pobres escolas onde vamos, até na utópica bravura das nossas próprias mentes. Este é deveras um movimento de reflexão e luta — é um começo!

Não espere respostas neste livro, mas assegura-te de escolher o teu lugar na história. **AHETU: Vozes Desprendidas** é uma mesa-redonda aberta à qualquer. Seu propósito é a difusão dessas discussões, e de outras, com o intuito de conquistar, efectivamente, a mudança social que buscamos.

PRA VOCE

que não é misógino e,
pra você que é; com o propósito
de instigar reflexão.

POR uma *muhatu*

sobre muitas *ahetu*

para todos.

AHETU

VOZES DESPRENDIDAS

OS CONTOS

Ao entender a significância da janela no além, a luta deixou de ser pelo afrouxar das suas pernas, pelo descansar dos seus olhos, e passou a ser pela transformação da sua própria mente, pelo discernimento do seu querer, pelo seu renascimento e pela independência das outras.

BOA SORTE, DIEJI!

Dieji corria, ia tão apressada quanto o seu respirar. Numa ida perenal, no que parecia um túnel negrejado com uma única janela no além, levava as dores do seu corpo manchado, mas dessa vez aguerrida. Ela era mulher de porte africano, contudo, não eram as polposas nádegas que a cansavam. Dos cabelos que pareciam pedúnculos de imbondeiro escorriam as mesmas águas que se faziam lágrimas e deixavam nas elevações do seu rosto genuíno linhas de choros antigos.

Lá ia Dieji. Enquanto corria, via-se impossibilitada de fazer distinções, tudo estava à beira de desvanecer ou já o tinha feito.

No começo não entendia exactamente por que razão corria, só que incansavelmente o fazia. Ainda com os pés activos, virou-se para confirmar se atrás de si realmente havia um gigante como lhe faziam pensar os estrondos de botas-militar. Seu coração tremia ao som de cada vestígio de pé deixado no solo. Parar de correr não lhe pareceu aconselhável nem mesmo quando além de um passado escuro nada mais viu. Os rumores que estremeciam a terra eram os mesmos que os das suas noites cálidas. As pegadas que se desfaziam no enevoar pareciam as cicatrizadas nas suas costas. O barulho do silêncio que a incomodava, plagiava o da voz do ébrio ser que, num dia, com ela, perdeu-se em sonhos e juras. O mesmo dos seus dias primeiros, o único da sua vida, o que tratou como "verdade exclusiva". Tal som era incomparável, desgraçadamente, conhecia-o bem. Então, ao ouvi-lo, correr fez-se natural.

Dieji corria, ia tão apressada quanto o dançar dos ventos.

No branco de um chegar que não podia adiantar, num distante alvo, viu o que nos olhos de qualquer desesperado parecia possibilidade e mais rápido ainda se pôs a correr. Nos maboques que nela passavam por seios, duros e pontiagudos, iam as águas dos quilómetros percorridos, mas dessa vez mais açodados. O pouco de banha que ondulava o forno dos seus filhos oscilava ao ritmo dos seus pés calejados e sobre a pele avelhentada vestia cansaço.

Dieji ia! Sentia o desmedido bater do seu coração e entendia que naquela circunstância não era afeição.

O sorriso que entreabria as feridas no seu rosto não era o tido por bobo, próprio de pessoa tomada de forte paixão. A expressão de simpatia que a adornava, traduzia alívio e tal sentimento era por si própria. Dieji sorria por finalmente perceber. As borboletas que dançavam por seu estômago exprimiam um desejo impetuoso de se reinventar. Via o excesso de agonia como o que lhe provocaria a tão imprescindível mudança.

Finalmente a janela se fazia mais perto.

No musseque em que nasceu mulher alguma tinha reivindicado, aliás, os seus sete tios foram concebidos em noites pungentes. No ventre da sua avó quase já não havia espaço para os ternos arranhões dos netos. Então, estava claro que a esperança já havia morrido há muito. Dieji estava só! Os sons agressivos aumentavam na medida em que se via chegar, mas em contrapartida, o seu desejo de se metamorfosear também o fazia.

Ao entender a significância da janela no além, a luta deixou de ser pelo afrouxar das suas pernas, pelo descansar dos seus olhos, e passou a ser pela transformação da sua própria mente, pelo discernimento do seu querer, pelo seu renascimento e pela independência das outras.

"Mulher não se porta assim, filha" — dizia de forma agressiva e aos pedaços. A voz da mãe quase já não se escutava pelos ruídos dos berros da avó: — "vocês é que não aprendem, mesmo a vos ensinar, até hoje não sabem tratar bem os vossos maridos, — berrava a velha. — "Pensam que são melhores do que nós que toleramos há muito." — A raiva nas carquilhas da avó de Dieji era pela viagem forçada a que lhe submeteu a neta. Pelo reviver dos seus próprios gritos. Estava claro que mesmo que os lábios dela estivessem vedados, para a sua infelicidade, os seus sentidos ainda estavam intactos e rememorar era inevitável.

Enquanto isso, os pés de Dieji não cessavam, ela continuava a correr. Agora corria contra as correntes das normas da sanzala. Corria contra as correntes das vozes das Senhoras Grandes. Corria contra as correntes da escolha dos seus tios. Finalmente corria por si. Corria o mais rápido possível livrando-se de desnecessários decessos. Ia sem medo; minto, talvez algum, afinal o barulho atrás de si não cessava, mas já não era o suficiente para a fazer desistir.

Dieji temia! E, com as linhas dos seus choros antigos, expressava os seus receios, contudo, esses já não eram só por si. Dieji agora temia pelo futuro do seu rebento feminino, que, pelo passado das outras, estava automaticamente ameaçado. No entanto, ela via nos soluços que a empurravam oportunidades para desfazer o ciclo. Nos calores que alagavam os seus olhos, via inúmeras razões para acordar. Mas, longa era a viagem e a batalha estava longe de ser vencida. Até àquele momento, custava-lhe confiar que faria grandes coisas, mas começou a crer na possibilidade de realizar pelo menos uma. E, dependendo de si, essa seria a sua ida.

O chegar fazia-se alvo, porém, não sem o escurecer do seu nó gargantal.

Numa ida agora vista perecível, no que parecia um túnel em degradação com uma única janela no além, levava a sua exsudação a uma realidade que lhe parecia virente. Pelo furibundo tossir que Dieji deixou sair ao duro e desesperado dançar das pernas no chão frio, a mão do poltrão que a tinha, amoleceu e escorregou do seu pescoço. Por bem ou por mal, a força dele terminou onde a dela começou.

Em pé, Dieji distraiu-se com o reflexo do resto de beleza que portava. O espelho outrora quebrado apresentava-lhe exactamente como estava, feia, fraca e ferida. E, pela primeira vez em anos, encarou o vidro polido e não chorou.

As mãos do bárbaro estavam ainda tatuadas nas vias do seu pescoço adiposo. Ela sentia o peso da sua passada verdade exclusiva nas dobras do seu ventre e isso via nas marcas deixadas pelos seus joelhos. Mas, sorria. Cada berro era visto nas feridas que trazia. A alegria deixou de ser por mais uma vez esconder essas histórias e passou a ser pelo contrário. Ao notar que no organizador de maquiagem já não havia base nem pó suficiente para cobrir as manchas daquela noite, Dieji pousou a mão direita sobre a mesa e viajou pela significância das manchas que adornavam a sua face.

Pelo espelho, no canto dos seus olhos, viu no rosto lacrimoso da filha, razão para um último adeus. Com isso, confiava que o pequeno Minguito, o seu rebento varonil, aprenderia que violência não era o seu género e Mionga, o rebento por quem mais temia, diferente dela, jamais precisaria se conformar com gigante algum. Para o belo resultado de uma das suas noites pungentes, independemente das botas-militar, a opção de ir estaria sempre à sua disposição.

Naquele instante, ainda sem palavras, Dieji, com um abraço mutilado, garantia um futuro silencioso à sua filha; prometia que não seria um ameaçado. Enquanto isso, Minguito aprendia que nem sempre vence quem mais berra.

Quase aos fins dos seus quarenta, Dieji atreveu-se a crer em felicidade: ainda que só, uma sem dores. — "És tonta se achas que te vão aceitar com tantos filhos." — Ironicamente, a primeira vez que ele se dirigiu a ela de mãos vazias, foi a última também. — "Boa sorte, Dieji!" — Expressou-se em tom sarcástico.

Dieji abriu os olhos e, por fim, o branco que via no além eram as suas malas feitas.

O que aconteceu, ao contrário do que diriam,
não foi por engano; foi uma decisão tomada
em um momento de plena lucidez.

(...) NA MANHÃ
SEGUINTE

Os raios de sol já invadiam o quarto pelas cortinas brancas na janela larga que defrontava a cama casal. Os lençóis de linho aqueciam, e, por conseguinte, os corpos que neles se resguardavam.

Damásio abriu os olhos primeiro, de forma lenta e atenta, memorizando a longa e ondulada figura da dama à sua esquerda. Defrontando o corpo dela e dando as costas à sua esposa, percorreu-a do polegar aos últimos fios do seu cabelo. Passou pela magreza das suas pernas e pela espessura das suas coxas. Fez uma pausa no que debaixo dos lençóis pareceu ser uma bunda alteada; pensou em levantar os panos para apreciá-la sem revestimento, mas preferiu deixá-la a sossegar.

Continuou a analisar o panorama dessa mulher de quem até então não recordava sequer o nome. Admirou a minúscula cintura e foi pelo alongar da sua lira até a extremidade superior dos braços carnudos que trazia.

No instante em que notou que a bainha do lençol anunciava o seu fim, Damásio não conseguiu esconder a sua alegria e expôs de imediato a branca e bem esculpida fileira de dentes que adornava o seu rosto. Brilhou os olhos e encarou de queixo caído os dormentes mamilos da jovem que em plena segunda-feira dava-se ao descanso como se não tivesse nada mais importante para fazer.

Ele queria continuar: passar por seu pescoço, procurar por cicatrizes; admirá-la por completo. Mas, ao sentir um lento mover debaixo do lençol, apressou os seus olhos frente aos da sua esposa com a intenção de evitar ser apanhado admirando cordilheiras de outra mulher. Como a mãe dos seus futuros continuava profundamente dormida, entendeu que se havia equivocado e voltou-se à forasteira. Por sua vez, esta tinha os olhos acordados. Suas pestanas se afastaram, as pupilas se expuseram; ela estava aí, mas só por segundos. Não tardou, entregou-se ao sono outra vez.

Pela fugacidade do momento, teve a impressão de que ela não tivesse notado a presença do desconhecido que a admirava, mas não podia ser, era notável.

O único relógio naquele quarto encontrava-se assentado atrás da jovem, na ponta esquerda da mesa de cabeceira. Por precisar conferi-lo, Damásio soergueu, de jeito moroso, o seu firme e peludo corpo. Ao notar que o mesmo lia onze-horas-e-vinte-e-três-minutos, voltou ao centro da cama. No seu caminho de regresso, deixou um beijo mudo na maçã saliente do rosto da peregrina. Beijou-a; e ao reparar que não a despertou, beijou-a outra vez. Fez seguir um outro beijo antes de voltar a descansar a sua careca na almofada de fibra que combinava com o bordô na parede ao espaldar da cama.

Numa segunda-feira normal estaria já engravatado e preso no escritório enquanto a sua mulher mataria o tédio fazendo compras. Ele teria já relido e assinado, no mínimo, dois contratos. Estaria já se preparando para a reunião do meio dia, e talvez, se lhe dispensassem alguns minutos, comeria qualquer coisa. Mas depois de um domingo que não recordava por inteiro, Damásio viu-se na cama até tarde.

Quando os lençóis foram incomodados pela jovem dormente, o que lhe cobria se fez abaixo dos seios, perto da cintura, deixando bem visível o que há muito tentou desvendar. Embora um fora escondido por ela se ter deitado de lado com o braço a amassá-lo, os pomos dessa, que a olho nu parecia uma doce mulher, estavam duros e arrepiados, como se estivessem a responder ao seu toque.

Já hirto, encarou os frutos carnudos da jovem demonstrando querer, e foi por vias da sua memória tentando rebuscar os momentos que os levaram a ficar despidos até tão tarde em manhã laboral.

Não era a primeira vez que Damásio e a esposa recebiam uma visita de aluguer, mas era a primeira em que tal permanecia em sua cama até o começo de um novo dia. Normalmente esses contratos terminavam depois da segunda ou terceira contração, então, a anomalia o inquietou. Ele notou que a jovem que descansava os cabelos grossos em suas fronhas não era a única com as partes cernes à mostra, e como em outras alvoradas, seu canal cilíndrico estava já preparado para deixar passar os devidos fluídos matinais; estava sólido e auspicioso.

Pela cabeça de Damásio passaram momentos que nem ele mesmo sabia se foram os da noite anterior ou os que, por ausência desses, sua mente criou. Presos entre as paredes da sua casa, vindos de um lugar em que puderam se alcoolizar, depois de mais uma interação invitatória da sua costela, levaram-se contra os cantos da escura sala de forma apressada, inclusive quebraram o candeeiro que assentava na mesa perto da entrada do apartamento.

No jovem casal, por necessidade, talvez, a senhora se responsabilizava mais pela satisfação dos prazeres. E, essa, por sua vez, confiando no que tratava como "qualidade inata", sempre que necessário, atraía outras como ela. Eventualmente, nada mais segurava aquela união. A princípio Damásio se questionou, mas depois de uns bons sorvos tomou tudo como sorte. Para ele, aquilo era a satisfação de uma tal fantasia masculina.

Ainda entre as linhas da sua imaginação, Damásio viu-se com as mãos pelos cantos da visita. Passou-lhe a língua pelas cartilagens: nariz, orelhas, não houve ângulo deixado por explorar. Suas largas e grossas mãos apertaram os glúteos da jovem como se os quisesse arrancar do corpo dela, relembrando que há muito não se sentia assim.

No seu retrato, a jovem senhora estava aos berros enquanto ele puxava os seus cabelos. Não como mera selvageria, não; para ele, tal era a mais profunda demonstração de prazer. Vindos de onde não mais lembrava, em curtos intervalos, Damásio, sua esposa e essa de lábios de bem beijar, carnudos e adocicados, absorviam, um do outro, caldos leves e pesados.

Com as incertezas dos seus miolos, viajava pelos berros contentes da moça que se agarrava aos lençóis de linho de jeito estimulante. O que ele não sabia é que os clamores dela não eram nem por ele nem por seu feito. Ao ouvir, por fim, a nota mais alta da canção criada pela jovem para expressar o seu agrado, Damásio se desfez das suas memórias.

Nos momentos remanescentes, ele notou o levantamento do seu cano e decidiu que havia chegado a altura de se livrar das impurezas do dia anterior. Embora quisesse saber ao certo como aquela mulher, aparentemente agregada, acabou passando a noite em seus braços, o sono dela, além de incompreensível era azucrinante. Então, de modo extremamente vagaroso, com o corpo quase a flutuar, tudo para não incomodar as senhoras, levantou-se. Marchando na ponta dos pés, Damásio dirigiu-se ao quarto de banho para que, ainda que com sensação penosa, retirasse do seu corpo os sobejos da noite que pouco sabia narrar.

Sandra Mirandela já havia sentido há muito as quenturas do sol rabugento da primeira segunda-feira em que faltou ao serviço e dormiu distante do marido. Ainda assim, limitou-se em permanecer deitada e dormida por não saber como reagir perante a situação em que se encontrava. Não era a sua primeira noite afastada do esposo, mas era a primeira em que o separador entre eles deixou de ser uma das almofadas da sua cama king size.

Numa segunda-feira normal estaria já em tamancos e presa no escritório enquanto o seu marido cumpriria os dez mandamentos preparando-se para o próximo sermão. Já teria feito umas tantas chamadas e convencido uns tantos clientes a trabalhar com a sua empresa. Estaria já se preparando para a reunião do meio dia, e ainda que tivesse de comer andando, degustaria o seu funge nas calmas. Mas depois de um domingo infame, Sandra viu-se na cama até tarde.

Pelos longos e lisos fios do seu cabelo, várias vezes passaram instantes como os que desfrutou. Nos últimos dias, Sandra vivia arquitectando formas de se desfazer do vazio que partilhava com o esposo. Nessa utopia, se via livre e longe daquela monotonia e sem a argola que lhe amolgava o anelar. Mas, num domingo húmido, o primeiro em que foram à igreja em carros separados, ao se pôr atrás do volante, sem planos de ir fazer o almoço como nas outras vezes, foi por caminhos que jamais imaginou e depois disso, tudo aconteceu muito rápido e fora do tempo, preterindo, da pior forma, efésios-cinco; um dos capítulos sob o qual vivia o seu evangelista particular. E, romanos-um também a afligia.

Há muito que Sandra vivia pela metade e sentia que poderia ser mais feliz, e quando, ainda que por instantes, alguém lhe causou tal sensação, ela se entregou sem medo, sem dúvida e sem peso. O que aconteceu, ao contrário do que diriam, não foi por engano; foi uma decisão tomada em um momento de plena lucidez.

Por segundos Sandra temeu a chegada do futuro, considerou buscar na certeza que sentia, uma justificação aceitável para o "pecado" que cometera; mas êxodo-vinte-versículo-catorze ecoava em seus ouvidos em notas graves. A mensagem não podia estar mais clara. Provavelmente seus dias já se tinham encurtado mesmo.

No seu plano havia uma última refeição, uma longa conversa, talvez um abraço também e um beijo no rosto. Como adultos, ela esperava que a sua sinceridade resultasse em uma amizade que homenageasse o que partilharam. Sandra previa um cenário onde os dois fariam o uso do livre-arbítrio e viveriam ligados às suas convicções embora separados. Mas, depois de umas das noites mais intensas que vivera nos últimos dias, Sandra se deu conta de que havia comprometido qualquer chance de terminar com uma nota positiva.

Ainda que tentasse, Sandra jamais conseguiria explicar como chegou à felicidade e o que a inspirou a ficar por lá. O mundo não entenderia que, embora houvessem gotas de álcool envolvidas no enredo, a decisão fora tomada muito antes desse a encorajar. Aos olhos dos "anciãos" Sandra não era digna de perdão. Mas, para o seu bem, tudo aquilo deixou de importar.

Considerando as poucas coisas que naquele momento realmente interessavam, Sandra decidiu ir ao encontro do seu ainda esposo.

Ao perceber o barulho do chuveiro, ela abriu os olhos que na verdade nunca estiveram completamente trancados e, como algo combinado, encontrou os de Margarida abertos também. Por um instante demorado, trancaram os olhares. (...). Não precisaram trocar palavras; já sabiam. A certeza as vestia de arrepios. Agora, como pura emissária, Sandra pegou no sapato que estava sobre a cama, começou a se arrumar e se fez à sala. Sobre o balcão da cozinha encontrou o vestido florido que usou no domingo em que tudo que havia planeado era uma viagem à igreja, mas que por acaso se tornou no primeiro dia da sua vida.

Com os sapatos em uma das mãos, Sandra tirou apressadamente a bolsa do sofá de couro e, de forma cautelosa, abriu a porta e se fez à rua. Não antes de pisar em um dos cacos do candeeiro quebrado na noite anterior.

No céu que havia acinzentado horas atrás antecipando o temporal já não se viam os rouxinóis cantorinos despojando-os, consequentemente, do mais belo canto congênito. Incontestavelmente, aquele era o fim que teriam de perdurar.

REMINISCÊNCIA FORASTEIRA

Por essa altura, a noite já se havia evidenciado. Em corrente forte e apressurada as águas das nuvens faziam-se à terra. Até as plantas lenhosas com os caules mais duros eram acometidas por fortes ventos vindos de todas as direções. Ninguém parecia escapar. No céu que havia acinzentado horas atrás, antecipando o temporal já não se viam os rouxinóis cantorinos despojando-os, consequentemente, do mais belo canto congênito. Incontestavelmente, aquele era o fim de tarde que teriam de perdurar.

Se como nos outros passados, a cidade estaria ressumada, entregue aos suspiros dos apaixonados submersos em beijos distendidos. Contudo, de modo assombroso, estava claro que aquele seria um dia anormal.

Lá fora a chuva continuava a cair matando as dálias e torturando as árvores mais fortes. Do outro lado não era a palidez das paredes provocada por baixas temperaturas que o incomodava, não era a grande bulha no telhado, nem o desvairado dançar dos cortinados. Tudo o lembrava dela e era isso que doía.

Enquanto pervagava pelo desalento do quarto, via sair dos grossos poros nas paredes os suores das suas noites prazerosas. O descerrar na obra de alvenaria plagiava os berros dela. O espaço de tempo entre o crepúsculo e o amanhecer em era de autêntico orgasmo foi marcado pelo lento mover dos panos que os abraçava. Naquele dia, a cama moveu-se um pouco à direita deixando visível o lugar em que esteve por anos, mas por alguma razão, ele nunca voltou a colocá-la no seu local de origem. E tal se fez mais uma das coisas que o fazia lembrar dela.

No passeio sem rumo, dentro do retângulo dos seus momentos diurnais, ele deixou-se levar por seus instantes a dois. Viu, na confusão de lençóis e almofadas, a franzina nueza da sua amada. Ainda em embrulhos e com a maciez das coxas à vista, mesmo que de forma parcial, ele a viu.

Ela trazia nas linhas de noite bem passada, tatuadas pelas proeminências do seu rosto, uma coloração própria de satisfação. As suas elevações faciais estavam rosadas, o sorriso era também notável e o olhar estava rendido à ele. Os grandes e redondos olhos, carregados de impudente lascívia, roubavam-lhe o que, de acordo com a sociedade, fazia-lhe másculo.

Ele jogava o olhar de volta a ela, agora mais acanhado e acompanhado de um sorriso no lugar da clarificação dos seus anseios. No espelho que encarava a cama, ele também viu lembranças desvanecidas dos seus momentos de loucura: pernas sobre pernas, braços eretos com as mãos a comprimir a cabeceira e lábios afastados rendidos às dores de mais um regalo. Porém, não tardou, tudo voltou a deturpar-se.

Seus grandes e redondos olhos encheram-se como se estivessem a preparar para estourar. A lascívia se fez raiva e da boca de que saíam os gemidos mais afrodisíacos, em ruídos soletrados, saíram berros intensos antecipando o último adeus.

Desfazendo seus glúteos da cama de forma apressada como se a lembrar que cometia um erro, levou-se à porta. Desfilou os olhos por aquelas quatro paredes uma última uma vez, na esperança de voltar a ver-se nos braços dela, mas assim não foi. O único lugar em que esteve a parte mais leve do magro e longo braço que a caracterizava foi na sua dura e ossuosa face. Depois ela saiu deixando-o envolto em suas dúvidas.

Alguns passos mais tarde, já se via na sala. No compartimento da sua última troca de injúrias. Ali não tinha muitas lembranças vermelhas por onde se perder, ou melhor, não tinha os superestimados clichés. Não tinha o tal vermelho de corações enamorados. Não tinha o vermelho de sonhos a dois. Não eram esses vermelhos. O vermelho era o dos seus olhos carregados e espremidos. Tinha também o vermelho do seu próprio rosto causado pelas unhas da sua parceira, unhas recentemente manicuradas. Mas o vermelho mais doloroso era o que ia por ela. O manante vermelho gomoso dos quadris à barriga das suas grossas e rosadas pernas. O vermelho do fim da vida que juntos ansiavam. O vermelho de uma dolorosa confirmação utópica. O vermelho do passado que nunca foi um presente que lhes pertenceu. O vermelho que lhes fez um par de descontentes.

No canto mais à sul da sala, encostadas à parede, estavam ainda as caixas não abertas. As tomadas já se encontravam fechadas e não havia canto afiado exposto. Até aquela noite estava tudo pronto e embora ele não tivesse muito a ver com aquilo, ela nunca protestou.

"Isso é coisa de mulher", —defendia, ao abordar sobre as visitas ao obstetra. Muito antes desse tempo, o seu discurso estava sempre em outro número: —"Quando engravidarmos... Quando crescermos... Quando fizermos isso e aquilo... Quando chegarmos lá ou acolá..." —Sempre passando as mãos no então despovoado ventre, mas o plural desapareceu tão logo alguém decidiu habitar nele. Para validar o discurso sobre a sua ignorância, ele não questionava, não escutava, assim sendo, também não participava.

Como cada gestação é uma gestação, qualquer comparação é, no mínimo, ignorante. Com isso em mente, e depois das frustradas tentativas de o adestrar para a missão que anteciparam, ela decidiu que ultrapassaria a insensibilidade do amásio e descartaria as falsas juras tomando-as como próprias de começo de namoro e nada mais. Ela entendia que não passavam disso e estava claro que afinal não caminhariam juntos. —"Não adianta ensinar quem está decidido a não aprender", — pensou, enquanto acalmava o que ocupava o seu ventre fazendo-lhe carícias.

Depois de um tempo, ela deixou de ouvir as reclamações dele e, consequentemente, ele deixou de ter motivos para reclamar. Por um tempo, com uma dificuldade indescritível, as alterações emocionais próprias do período em que se encontrava, foram penosamente reprimidas. E, quando isso se tornava intolerável, ela passava tempo em casa da sua mãe. Quando essa decidiu começar a importuná-la, o pequeno apartamento da sua melhor amiga se tornou no salão do baile hormonal já que essa também estava expectante. No meio daquilo tudo, para ela, o pior era saber que ele não entendia nem procurava entender sua ausência. Pelo contrário, tomava isso como um passe.

Logo ao início do novo capítulo, João abandonou o papel de protagonista e, sem remorso, abraçou o de mero figurante. Como além dela ninguém mais chamava sua atenção ao que era esperado deles, ele activou o seu ouvido de mercador agindo como se realmente tudo aquilo não passasse de mero drama de dama pejada.

"Podia clamar ser tua responsabilidade e te obrigar a participar, mas o que dói mesmo é o facto de te teres esquecido da tua promessa de sermos, acima de tudo, parceiros," — ouve uma longa pausa. E, ela acrescentou: — "de ti só esperava isso".

O que vinha já havia sido baptizado; o quarto já estava arrumado, mas a sua ausência antecipou a sua existência e foi essa dor que a fez desistir. Destruir a vida que foi apenas em memória lhe pesou como se fosse a sua própria. E era! Mais ainda quando a viveu sozinha. Então, não podia. Não tinha mais forças para ficar.

João levou-se ao balcão da cozinha, lugar onde a viu pela última vez, isso antes dela se fazer abruptamente à porta. E na esperança de relembrar o instante entre vinhos e semeação de filhos, a campainha o despertou.

Lá fora a chuva ainda matava as dálias e torturava as árvores mais fortes. Do outro lado não era a palidez das paredes provocada por baixas temperaturas que o incomodava, não era a grande bulha no telhado, nem o desvairado dançar dos cortinados. Já era tarde, e isso doía.

Quando se surpreendeu ao ver-se a frente dele depois de tudo o que havia vivido, a única coisa que ela conseguiu dizer foi: — "Não devia ter vindo!" — Mas a familiaridade com o local em que se encontrava evidenciou o quão errada ela estava. Independemente das memórias, aquele era o lugar em que estavam as suas coisas e eventualmente precisaria delas.

No céu que havia acinzentado horas atrás antecipando o temporal já não se viam os rouxinóis cantorinos despojando-os, consequentemente, do mais belo canto congênito. Incontestavelmente, aquele era o fim que teriam de perdurar. Nenhum deles parecia escapar. Até as plantas lenhosas com os caules mais duros eram acometidas por fortes ventos vindos de todas as direções. Em corrente forte e apressurada as águas das nuvens fizeram-se à terra. E, por essa altura, a noite já se havia evidenciado.

O pai dele o ensinou a ser o maior garanhão alguma vez visto. Segundo ele, isso o definiria como Homem. A mãe dela a ensinou a permanecer vestal por um tempo que retardasse a sua emancipação. Segundo ela, isso a faria digna de Homem bem-definido. Mas, inevitavelmente, os seus caminhos se cruzaram e as suas verdades se chocaram.

VULA KANEZA

Quando conhecemos a Vula Kaneza, ela era uma miúda de aliciar. Os kandengue morriam por sua lira. Menina acastanhada de cabelo alto e duro e bunda mole semelhante ao tortulho. Ela era única! N'altura não haviam outras como aquela donzela. As kalumba a invejavam tanto que quase já não tinham dentes nas bocas fofoqueiras que portavam. Perdíamo-nos nas saias justas que usava e nas blusas soltas bem engomadas que dançavam sobre as durezas das suas pontas melânicas. As mesmas blusas que punha naquele corpo curvilíneo nas noites de kizomba e tarraxinha. Levava-as pela pista com o seu dançar revelando o seu corpo ao tocar de cada som. Mas isso só em farras do seu próprio quintal. Entre os ritmos do mais velho Bonga, Vula Kaneza levava as ancas rabugentas pelo chão como se já não houvessem outras dignas de tesos olhares. Ela era de abespinhar os que já lhes faltava afoiteza.

Ao pôr os pés no soalho a sua unicidade era indubitável. Mesmo com patas triviais, VuKa não andava. Independemente da cintura redonda como as das outras, essa miúda não andava; desfilava. Ia pela baixa oscilando as suas curvas como mangueiras em manhãs ventosas. Com os cabelos a escoltar os olhos, ia. Esquivava os buracos mesmo sem avistá-los. Talvez já os conhecesse. Ninguém sabia ao certo como fazia aquilo tão bem. Nos olhares arrebatados a única certeza que traziam era a de que a moça se levava pela calçada de forma libertina e estava sempre, indiscutivelmente, linda.

VuKa tinha os peitos hirtos mesmo submetendo-os à uma liberdade tida vândala. Segundo as mais velhas, a ausência dos sutiãs podia eventualmente significar a queda dos pomos. A mãe de VuKa vivia dizendo que precisava resguardar os seus maboques caso contrário virariam mamões amachucados, mas VuKa gostava da liberdade que lhe ocasionava a ausência dessas correntes, logo, fazia exactamente o contrário. Em salto de empinar bunda, Vula Kaneza, teimosa, visionária e curiosa levava pela baixa afora os seus bicos nus em blusas finas. Ela não era só a mãe dela, senhora de saliências bem definidas, do seu pai herdou a kindumba e o que vinha dentro dela. Sua beleza recolhia-se à fundo dos cabelos. Não havia alma mais inteligente.

VuKa era produto de uma educação austera. O seu pai sempre fez de tudo para que jamais experimentasse qualquer tipo de carência. Do primário ao secundário frequentou as melhores escolas; visitou os países tidos por mais ricos e lindos; e estava sempre cercada de dignidades reais.

Manuel Gonçalves era um dos motoristas com a missão de afastá-la do perigo. A instituição em que frequentou nos primeiros anos da sua careira académica era uma das melhores e ficava bem no coração da cidade. A viagem era sempre, inevitavelmente, preenchida com conselhos não solicitados, embora Vula Kaneza não requeria as palavras sábias do chofer ela não se enervava ao recebê-las, pelo contrário. Houve momentos em que a ausência das recomendações paternais foram substituídas por estas do senhor que só tinha o trabalho de conduzir mais um dos prados que aos fins de semana mofava na garagem do palácio que, aos olhos dos distraídos, passava por mais uma casa no quarteirão.

Durante a semana, a tarefa do Mais-Velho-Gonça era de levá-la a escola e de volta a casa no final do dia. Sr. Kaneza não era kota de arriscar, não depois dos seus trinta e, pra ele, essa era já havia expirado há mais de duas décadas.

A mãe de VuKa assegurava-a que nela sempre encontraria uma amiga; discutiriam abertamente os assuntos mais pertinentes. É certo que ela sempre teve imposições, agora, esses tais debates reverenciosos é que quase nunca experimentou.

A senhora que vestia uma calma de sapiência e berros de pouca tolerância era a que a vida lhe deu como mãe. Em conversas que plagiavam linhas das muitas novelas que assistia prometeu a sua única filha que a teria nos nós dos seus abraços por um sempre que desafiaria o infinito. VuKa vivia uma alegria que nascia da paz que rondava a sua casa. Mas talvez estivesse feliz demais pois foi essa mesma alegria que sacudiu o coração do jovem que a seduziu.

Vula Kaneza sentiu o distanciar dos braços da sua suposta melhor amiga tão logo se apercebeu do resultado do teste. Depois de matar algumas aulas, principalmente as do último período do dia que antecipava o fim-de-semana, e devido a mutações na sua fase folicular, VuKa sentiu a necessidade de dirigir-se a farmácia e confirmar algumas suspeitas. De um segundo para o outro, a vida tão bem arquitetada da jovem que estava prestes a ingressar no ensino superior virava de ponta-cabeça. Pais, vizinhos, colegas e admiradores viam-se obrigados a assimilar uma outra verdade sobre ela. O desaparecimento da menina acastanhada com bunda semelhante ao tortulho ocorreria em menos de nove meses.

O pai dele o ensinou a ser o maior garanhão alguma vez visto. Segundo ele, isso o definiria como Homem. A mãe dela a ensinou a permanecer vestal por um tempo que retardasse a sua emancipação. Segundo ela, isso a faria digna de Homem bem-definido. Mas, inevitavelmente, os seus caminhos se cruzaram e as suas verdades se chocaram.

O moço era o Solidão, apelido atribuído por amigos que com ele também andavam na vida dos candongueiros. Solidão, além de pobre, atropelava todos os padrões de beleza, segundo aquela sociedade. VuKa era uma das duas pessoas que o via encantador. O jovem alto, rijo e cabeludo, que mal havia terminado o ensino primário, andava pelas ruas com a bunda na janela do Hiace que conduzia o JoRenço, um dos seus kambas-dos-copos.
Numa das suas idas à Praça-Grande VuKa conheceu esse moço viajado.

A mãe da menina era tal como o pai, coruja. Contudo, nos dois últimos anos do ensino médio, decidiu que valia a pena deixá-la crescer sem tantos apertos. Então, sugeriu ao esposo que dispensasse o Mais-Velho-Gonça defendendo que

VuKa estava muito bem instruída e que não os desapontaria. Parte dessa liberdade envolvia ir à Praça-Grande pelo menos uma vez de dois em dois meses. A velha não gostava que as empregadas fizessem as compras por ela. A seu ver, quase nunca compravam as coisas certas, assim sendo, depois de ter instruído a filha deixou que fizesse isso sozinha. Cria que ela escolheria o melhor para a família. O que VuKa não conhecia era a oculta agenda da sua mãe. Essa última, confiava que supostamente a preparava para o resto da sua vida. Confiava que a dotava com as qualidades mais importantes de uma verdadeira dona-de-casa. Coisa que mais cedo ou mais tarde seria.

Hoje, a menina diz ter-se apaixonado ao primeiro embate. Conta que foi o berro cavernoso que a aliciou. Enquanto tinha os lábios levados aos brados em linhas como "baixa, baixa" sem requeridos olhos fechados, VuKa levava esses últimos pelo resto da figura de Solidão. Os lábios dele andavam emurchecidos e rachados. Os cabelos ressaltantes que para os amigos dele sempre pareceram fiapos, para ela não eram nada menos que uma coroa exótica muito bem atribuída. O fusco que de longe plagiava sujeira, aos olhos dela era sapiência e sacrifício.

Vula Kaneza entendia o constante brilho nos olhos do moço cobrador. Conseguia antecipar as lágrimas do jovem alto vergado no AzuliBranco com a bunda em calções d'ontem nas caras dos pedestres. Seus olhos iam além das negras camisetas que portava. Seu órgão do olfato atrevia-se em acreditar que havia outro aroma além deste que impedia a respiração dos passageiros. A perfeição dele estava onde meros olhos não conseguiam alcançar.

"Ela está enfeitiçada", — para as testemunhas, esta era a única justificação tolerável.

A mãe de VuKa foi a primeira a emancipá-la e tal decisão facilitou essa do homem que mais a amava no mundo. —"O que te faltou, filha? O que te faltou?" — Os bigodes do senhor de barriga grande, profissionalmente realizado e financeiramente confortável, endureceram. Estava claro que se havia alarmado.

Quando VuKa se conheceu, aprendeu que sabia aliciar. Os kandengue morreram pelo desuso da sua lira. Esses meninos, que ao vê-la faziam-se homens, agora expiravam ao passar de cada trimestre. N'altura já haviam outras como ela e o seu fim era o mesmo. Nem a que teve a mãe ao lado se superou. Longe disso: teve outros bastardos e mesmo pagando não viu o diploma do último ano do IIº ciclo do secundário. As kalumba agora riam dela. Essas meninas de vidas afanosas, riam tanto que quase já não tinham dentes nas bocas fofoqueiras que portavam. O que entesava a parte varonil do bairro eram exactamente as suas curvas imperturbadas. Saber que já não estavam daquele jeito os tornava desinteressados. Nada os encantava mais do que a ansiedade que viviam ao idealizarem o dia em que a teriam. E, mesmo sabendo que não passava de utopia, a dor se fez uma que lhes custava suportar.

Quando nos apercebemos da "condição" da VuKa, ela se fez mais uma dessas miúdas sem prudência. Passamos a nos perder nas saias largas e nas blusas soltas que agora disfarçavam a sua prenhez.

"Vendiam tanto a candura da miúda, afinal já não a tinha" — Murmuravam os mexeriqueiros.

Vula Kaneza foi posta em um canto por perder o que a ver de muitos era privilégio. Todavia, não foi só por isso. Foi por uma raiva que os cobriu, por uma mudança pela qual não se haviam preparado.

Se não lhes fosse jogado à cara que a menina fora feita mulher por alguém que a seu ver era um pobre-sem-futuro talvez continuassem a admirá-la. Se ela pelo menos esperasse o canudo acadêmico antes de ter aceitado o espermático talvez tudo continuasse na perfeição com que se habituaram os magistrados. Se os que se sentiam fracassados ainda pudessem olhar para ela como alguma versão positiva do que não conseguiram se tornar, talvez suas acções não fossem vistas como um dos piores pecados alguma vez cometido. Para a infelicidade dos que ilicitamente apostavam no seu futuro, tudo pareceu perdido; e VuKa, sobre toda aquela pressão, não tinha sequer uma alma que a visse.

Ainda que terminasse cedo, tal como anteciparam os seus pais, a circunstância seria aceite caso não fosse só um mero vestido largo no lugar da beca. Contentar-se-iam com a cegueira passageira que lhes causaria o vestido de formatura e não precisariam entender nem aceitar o uso do próximo.

Por aqueles segundos, desmemoriariam o facto de que a moça de ancas rabugentas, a moça mais cobiçada da praça, escolhera um "miserável" como amásio. Se esperasse só mais um pouco, quiçá todos se vissem felizes. Entretanto, só ela teve essa sorte.

— "Não é por qualquer ausência, pai! Pelo menos não era." — Certa, VuKa foi.

Sabias exactamente o que querias e ao encontrares te rendeste. No primeiro encontro dos nossos olhos, decidiste que seria eu. Tiveste-me como o próximo. Posso estar errado, mas vi algo na impudência dos teus olhos. O brilho era tesão; era determinação. E hoje entendo que, ao contrário do que foi pra mim, pra ti, esse brilho não passou de a(l)or.

AMOR AO PRIMEIRO ORGASMO

Na primeira noite tiveste-me imediatamente sob os teus lençóis acostumados. Dedicaste-te inteiramente ao alcance do mais alto grau de satisfação sem medo de te definires fácil, oferecida, ou qualquer outra coisa pejorativa. A tua petulante figura emanava uma fragância própria de mulher despreocupada. Sabias exactamente o que querias e ao encontrares te rendeste. Pensei em ensinar-te a minha língua, mas já me tinhas beijado. Pensei em mostrar-te as minhas vias, mas já te tinhas entregado. Pensei em saber do teu agrado, mas, de orgasmo, já te tinhas banhado. Por isso, deitei-me em ti sem previsões de me levantar.

Não sei quantas horas teve aquela manhã, nem me dei conta de quando ela eclodiu. Do que pareceu um breve repouso, despertei-me ao ouvir tordos. Parecia que sobre o céu que anoiteceu calmo e frio deambulava um bando. A complexa melopeia foi o único sinal que tive de que um dia novo tivera começado. Por outro lado, poderia também dar-se o caso destes, assim como eu, estarem acometidos de paixão e, por isso, não cessavam o cantar nem com a chegada das trevas. Cheguei a questionar-me sobre como seria uma vida onde nossas vidas fossem uma. E, em meio a ternas inquietações, o cantar dos passarinhos que sempre me incomodou, naquele instante, soou diferente. De repente, já era mais melódico e empolgante, já transmitia algo muito mais aperiente. As coisas deixaram de simplesmente existir, passaram a ser.

Pelo espaço me ser desconhecido, não sabia se existia abertura para o dançar do ar, mas assumo que sim, e essa devia estar mesmo paralela à mim. Havia uma longa cortina na abertura a meia altura da parede e isso fazia com que o vento entrasse soletrado. A brisa soprava o cortinado adentro. Cada nota daqueles madrugadores vinha com um ar mais contaminado do que a outra.

Eu devia estar num subúrbio; não que importasse, apenas foi fácil notar, uma vez que o barulho dos carros chegava com os boatos das bocas madrugadoras e o alaranjado do astro do dia chegava com o mau cheiro próprio de locais negligenciados comprometendo o meu desvairado conforto.

Um tecido fino e macio revestiu a minha dureza; pareceu-me seda. Cheguei a essa conclusão ao notar o seu leve dançar entre a corpulência dos meus dedos. Ao pôr as fibras em mim, de tão leve que era, o pano me banhou com arrepios deixando os meus pêlos ainda mais hirtos. Se em terra houvessem nuvens, e se as pudéssemos tocar, provavelmente seriam assim e resfolgar-nos-iam como aquelas almofadas.

A escolha desse pano de bastante resistência, maciez e alta qualidade, de corpo leve e de aparência cintilante me fez pensar em ti como mulher requintada. Não que não tenha considerado ostentação; o fiz, e foi fácil. Reparei no arrabalde em que tinhas a tua casa e o que tinhas dentro dela e o contraste facilitou tal conclusão. Mas, os sinais que descartavam essa possibilidade estavam em maior número, claramente, não passavas de uma mulher aprimorada.

Pelo temulento dançar do colchão imaginei que eu não estivesse nem no rodapé da tua primeira página; haviam outros, talvez muitos. A tua astúcia te expunha. Conhecendo a minha remota arrogância, coisas como estas matariam o meu interesse no espaço de um instante. E se me pusesse sob o inerente poder falocrata, certamente já me teria ido. Ainda bem que dessa vez foi diferente. O que descrevi foi exactamente o que me deixou ainda mais desvairado. Ao saber da extensão do teu historial não só me enchi de vontade de me integrar como ansiava saber sobre o teu classificar. Ansiava a honra de te deixar desvairada.

Encantei-me com a lonjura da tua vivência. Queria conhecer as tuas experiências. Queria que me privilegiasses com as tuas loucuras. Queria que colocasses as algemas no meu pulso. Queria que segurasses na argola que, diferente da outra, não estava presa à cama e que a cercasses em meu carpo. Queria que usasses em mim as vendas que sei que tinhas escondidas algures. Queria que com isso me privasses de testemunhar a tua viagem pela vilosidade do meu corpo. Queria sentir-te. Queria-te nos buracos mais finos da minha pele! Queria que me abstivesses de qualquer esforço. Queria que me desses a oportunidade de fazer parte do que a meu ver era um longo historial orgástico. Estava-me nas tintas para as críticas que viriam com o teu currículo; aliás, o que realmente me interessava era a oposição de todas as teorias que até aquela altura roíam os meus miolos. Queria-te!

Deitei-me em ti sem previsões de me levantar. Do balcão do bar à este da tua casa, a viagem não foi morosa. Passamos alguns semáforos, trocamos alguns olhares, insinuamos umas vontades e, quando demos por nós, já não havia mais ninguém. Sob a nudez do dia, as tuas pernas fizeram do meu ponto-Y o vértice do teu ângulo. E, o teu ponto-X se fez meu palco. Os sucos dos teus beijos ocasionaram o transbordar dos meus. Os arrepios causados pelos teus abraços endureceram os meus braços expondo a veemência dos meus desejos.

Pensei em saber do teu agrado, mas de orgasmo já te tinhas banhado. Ainda que por breves segundos, concluímos o ciclo em nota alta. Senti os soluços rítmicos que emitiram os teus lábios inferiores. Assisti o relaxar das tuas feições e sorri também. Não sei se tive muito a ver com tudo aquilo, mas não podia estar mais feliz por testemunhar um momento tão abrasado.

Pensei em mostrar-te as minhas vias, mas já te tinhas entregado. Notei que eras dona de ti própria quando dispensaste qualquer ajuda minha. Olhaste pra mim, pronto, e já sabias por onde ir. Percorreste sem reservas a distância entre o meu hálux e a minha última calvície. Paraste a meio corpo e como bomba da melhor marca, desembuchaste o meu bueiro.

Pensei em ensinar-te a minha língua, mas já me tinhas beijado. Foste desigual e isso está longe de ser novela. Nos meus outros passados precisei trabalhar um pouco mais. Não só no primeiro bar como no segundo também, mas contigo tudo foi muito mais fluente; sem giros. Queria ir lento: olhar nos teus olhos, sorrir. Tocar na tua mão como se estivesses a ponto de fugir e outra vez sorrir para que te convencesses de ficar. Queria colocar a palma da minha mão na parte posterior do teu pescoço e, de forma leve, trazer-te a mim. Queria assegurar-te que tudo estaria bem, mas isso já sabias. A tua afoiteza guiou-te e livrou-te do chavão em que quase me transformei.

Sabias exactamente o que querias e ao encontrares te rendeste. No primeiro encontro dos nossos olhos, decidiste que seria eu. Tiveste-me como o próximo. Posso estar errado, mas vi algo na impudência dos teus olhos. O brilho era tesão; era determinação. E hoje entendo que, ao contrário do que foi pra mim, pra ti, esse brilho não passou de a(l)or. Encheste-te de uma necessidade imperiosa que te levou à prática dos actos mais irrefletidos sobre os quais fui alguma vez submetido. Em momento algum te deste como confundida.

No lugar do (l) estaria um (m), tal como esteve pra mim, não fosse a transparência do teu ímpeto. Fui tolo ao julgar que serias como as outras; que estarias nas linhas dos comentários ofensivos de seres machistas. Hoje já não me abalo com isso; entendo! A noite foi preenchida por sinais de que eras desatada eu é que os quis ignorar.

A tua petulante figura emanava uma fragância própria de mulher despreocupada e era isso que me prendia. Embora me tivesse equivocado exorbitando a situação, contentei-me com o que havíamos experimentado. Descobri naquele bar, exactamente o que procurava. No meio de toda aquela vulgaridade; ou isso ou a hipocrisia que vestiam as outras, foi aliviante encontrar uma mulher nua.

Na primeira noite tiveste-me imediatamente sob os teus lençóis acostumados. Dedicaste-te inteiramente ao alcance do mais alto grau de satisfação sem medo de te definires fácil, oferecida, ou qualquer outra coisa pejorativa.

Não como acto de rebelião, mas Tulipa levantou-se com raiva e um forte desejo de se desfazer das correntes que sentia envolto na fina cintura que portava.

O AMOTINAR DA TULIPA

Foi-lhe narrado desde o seu período pueril que era errado ser a primeira a olhar. E ainda que lhe defrontassem olhos interessados, não era de boa moça fixar os seus também. Foi instruída a aproximar as pálpebras abaixo das sobrancelhas perto destas acima dos cílios. Tulipa sabia que, como uma rosa, tal precisava ser feito de forma morosa, sempre com um simples e resumido sorriso. Aprendeu desde cedo a nunca deixar reflectido em suas pupilas semblante de moço que fosse. Fazer sair os alvos dentes e pousá-los apertados nos lábios inferiores era lascívia, coisa de que se devia afastar a todo custo. Assim foi feito por sua avó e por sua mãe também, logo, esperava-se que Tulipa se calasse ao ouvir uma voz mais grave que a dela. Faria o certo e levaria a mão direita sobre a esquerda e com os braços em ângulos de cento-e-trinta-e-cinco graus na vertical cobriria o que na verdade nunca poderia estar delineado. Não era de mulher digna de respeito dar a conhecer as suas curvas a homem que não lhe tivesse posto anel. Assim sendo, Tulipa tinha no guarda-roupa as peças mais longas e largas alguma vez alinhavadas e quase todas sem cor. Tudo isso para não atrapalhar os "sérios".

Tulipa tinha bexiga hiperativa e isso a levava a várias viagens involuntárias durante o dia. Mas mesmo com os impulsos naturais ela portava-se tal como era esperado dela. Na maior parte das vezes se mantinha sentada até que alguma coisa roubasse a atenção dos fúfios espectadores. Aproveitava o entreabrir dos olhos dos rostos pesados para se levantar sem "propositadamente" desviar o mirar varonil.

Ela estava ciente de que lhe eram naturais as carnudas cordilheiras, mas foi-lhe incutida a importância da preservação do respeito. E, tal não era alcançado caso seus atributos fossem admirados antes dos seus miolos, isto segundo as primeiras que, consequentemente, ouviram dos primeiros.

Tulipa não era nem diferente nem melhor do que ninguém; assim sendo, também precisava conhecer o exacto lugar dos talheres, a posição correcta das taças, e o tamanho da iguaria que lhe era permitido mordiscar.

Além da ausência de enfeites nos pulsos e nas mãos; essas últimas, não se poderiam engordurar. Usar os dedos para desfrutar de grelhados, decerto, não era coisa de menina que ansiava ser mulher. E como em épocas passadas, nessa, Tulipa também precisava ambicionar tal mais do que qualquer outra coisa; então, comia com lábios juntos e gengivas escondidas.

Era do seu conhecimento que a dada altura, depois dos vinte e antes dos trinta, lhe seria cobrado pelo menos um rebento. Tulipa sabia.

Não como acto de rebelião, mas Tulipa levantou-se com raiva e um forte desejo de se desfazer das correntes que sentia envolto na fina cintura que portava. Sentia que se não o fizesse de imediato acabaria como a sua mãe; com dois filhos esboçados e mais cinco condenados.

Quando com a bunda a oscilar em peça de roupa justa entrou na sala de reuniões com olhos fixos aos outros, ninguém quis acreditar. O desconforto que cobria a dureza facial dos mais velhos era vergonha por terem as suas ardências evidenciadas. Não era segredo que, de quando em vez, esses engravatados se lambuzavam impudentemente com leves matérias pegajosas que não saiam das suas senhoras. A sua tirania punha as ditas "catorzinhas" entre os seus próprios sonhos e os desejos passageiros desses barrigudos.

Embora lhes custasse crer, aquela era ela. Era mesmo ela trazida por seu corpo marcado em vestido importado, com curvas delineadas e saliências perceptíveis, era ela. Tulipa encarou os altos e robustos com convicção que não estava apenas nos olhos, o corpo dela estava também obstinado. O desconforto era de quem escolhia olhar ao sul ao invés de norte. Ela sabia exactamente o que a levou àquele lugar e não pretendia perder tempo facilitando o que fosse para portadores de "carne fraca".

Tulipa exibiu a figura que beirava os trinta e sem breves planos de modificá-la fez cair os queixos dos que pela primeira vez constatavam uma mulher que para tal não precisou ser senhora. Com postura firme, olhar centrado e braços em movimentos de lecionar perfumou a sala com o único cheiro que plagiava o seu nome. Tulipa contestou o correcto sem dizer uma só palavra a respeito.

Com um batom vermelho-cereja Tulipa avolumou os grossos lábios que definiam seu rosto oval. Nos olhos, as pestanas foram esticadas com um rímel que as deixou mais pretas e atraentes. À frente deles, em linha vertical, o corpo formoso da mesma jovem que se deixou ser avaliada pelas poucas gorduras que trazia no seu manequim, dessa vez resguardado em traje de não mais de duas peças arejadoras. Na altura, Tulipa não se igualou ao protótipo, e ela sabia, contudo nada lhe impediu de desfilar.

Com curvas e com o cabelo que crescia espesso e em altas pontas se desafiou a perder o litígio fabricando uma verdade que lhe faria se sentir vencedora. Marchou em fila, sorriu, discursou, e resolveu continuar com a sua vida. Fez daquela mais uma fase do seu motim, um desafio, uma plataforma útil para reeducar, para mostrar que beleza e clareza também vinham aos pares. Tulipa estava decidida a revelar que ela não era a "quase" nudez na passarela embora a mesma fosse parte da sua história.

Não houve quem acreditasse, mas era mesmo ela. Tulipa. A menina instruída a descolorir-se para que seu clarão não fosse tido como razão do desnortear do ser oposto. Tulipa amotinou. Expôs os seus peritos miolos aos olhos censorinos ao mesmo tempo que tornou evidente a sua esguia figura

Hoje sei que a culpa foi minha. Lembro-me de como me agradava deixar as minhas pontas livres. Aquando da minha ingenuidade, o que punha no meu corpo era a minha liberdade. A forma como lapidava as minhas curvas não estava apenas ligada à saúde, me deixava leve e isso me agradava. A culpa era minha por buscar uma felicidade que também os interessava.

FEMICÍDIO

Fitaste os olhos em mim e, de repente, deixei de ser apenas linda; viste-me, escolheste-me.

Na cerimônia do sepultamento da minha tranquilidade foste a fundo do meu olhar. Os olhos onustos assentes nas proeminências da minha face patentearam o meu desalento; viste-me. Viste-me levar os dissabores adentro em cada deglutir vazio. Viste-me comer meus próprios beijos de tanto que padecia; viste-me! Andaste as tuas pupilas pelo terreno do meu sorriso, e sei que viste que já não era isso. O cumprimentar agressivo dos meus dentes de maneira alguma sugeria alegria; não era um estado de extrema satisfação e tu também viste isso. Não era o sorriso de quando te conheci.

Não era o sorriso de quando te ouvi pela primeira vez. Não era o sorriso de quando me deixei encantar. Não era o sorriso de quando cri nas tuas promessas nem mesmo de quando me permiti chegar aqui. Não era esse sorriso. Não era sorriso, e tu viste. Não era qualquer sorriso. Mas, lamentavelmente, já me tinhas escolhido para passar por isso; para ser teu petisco.

Cheguei a pensar que a culpa fosse minha por não saber diferenciar. Por não facilitar as tuas faculdades de entender, relevando a tua asnice. Por reagir da mesma maneira que fiz nas outras vezes. Sim, por isso, considerei mesmo que a culpa fosse minha; que eu poderia e deveria ter feito mais para evitar teu inepto delito.

Como nos encontros passados, como nos dias em que consenti, as maçãs do meu rosto estavam também altas, coradas, como se estivessem igualmente felizes, então, talvez a culpa fosse mesmo minha. Eu sabia que era meu dever desoprimir os três causantes das belas sensações. Devia fechar as pernas e me dar como ferro, como esperavam os árbitros e agir como se estivesse a convulsionar. Talvez assim te apavorasses e entendesses que o que fazias era errado. Talvez assim carregasses em sua essência o significado da lição que há muito "ensinavam". Talvez assim te convencesses de parar e quem sabe te abstivesses da nauseabunda ideia de invadir outras desafortunadas como eu.

Eu sentia que sobre mim havia uma responsabilidade abstrata. Estava sobre as minhas dores a salvação de todas as outras vidas, mas claro, mais uma vez, o pecado que começou no Éden me serviu de empecilho. Eu senti e nem com as minhas lágrimas consegui mentir. Como no orgasmo do nosso ósculo primeiro meus olhos estavam também carregados. Confesso que entendo a tua acção. Talvez devesse aceitar essa culpa sem peleja, pois se realmente não quisesse que tudo aquilo acontecesse, talvez devesse chorar com berros e não com duras feições faciais apenas. Agora sei que precisava ser mais clara.

A verdade é que, naquele dia, fui eu quem segurou no celular primeiro; e ao digitar o teu número, te obriguei a deixar essa que o mundo conhece como primeira. Mas, independente disso, sempre poderia contar sobre como iniciaste tudo, poderia até berrar para que todos soubessem que várias foram as vezes em que te atiraste sobre o meu colo. Poderia revelar que choraste as tuas carências nos meus braços desde o nosso primeiro embate; e juraste precisar de mim se acolhendo em meus abraços. Poderia confessar que foi por isso que fiquei, mas está claro que não considerariam minhas palavras como sendo verdadeiras. Fomos todos educados a repudiar mulheres como eu, portanto, não precisei me esconder em paramentos, de longe, era condenada por minhas saias curtas e blusas aos bocados.

À meio caminho da minha saia notei que já não tinha voz. Já não conseguiria cantar em altos tons. Por minutos que me foram eternos me senti vencida. E disso eu sabia. Isso eu sentia, vivia, mas tu não. Como podias?! Talvez eu devesse usar o resto das minhas forças e agredir-te, mas por minhas veias já não corria bravura nem astúcia alguma; então fiz como pude, só que não foi suficiente.

Não ficaste por aí. Não te contentaste em casar os teus olhos com os meus. Fizeste-os, finalmente, acompanhar as tuas mãos. As tuas intensas e vilosas mãos. Lembro-me da pausa antes de as levares pelas linhas do meu pescoço. Foi curta. Mas foi suficiente para eu tomar a decisão que, por mim, já havias tomado. O suficiente para dizer-te "não" quando "sim" era o que ouvias nos meus gritos. Levaste então o olhar ao que te fez pecar e foi nessa altura que percebi. Quem dera o fruto fosse mesmo uma maçã como diziam os gentios, quem sabe hoje não morreria pelo que realmente é.

Para a minha infelicidade já me tinhas visto, já me tinhas escolhido. Os teus olhos divorciaram-se dos meus e levaram-se ao ângulo mais abaixo alastrando o meu vértice.

Naquele dia fui às ruas com os mamilos expostos; não estavam ensacados. Deixei cair sobre os fios dos meus cabelos, lisos e longos, uma blusa transparente que dispensava adivinhas. Agora que penso nisso, talvez fosse esse o meu primeiro erro. Eu devia saber. Meu ventre me entregava por perfídia. Estava claro que nada esteve ainda nele de tão plano que era, e isso atrairia até a mim. Mas é claro; olha pra mim! Sempre fui mulher de condimentos sumarentos.

As minhas pernas eram o fraco de qualquer ser ávido de carne e aos vegetarianos faziam pecar. Minha bunda dava mais que bom descanso e meu umbigo, quando exposto pela curteza do crop-top que me alegrava usar, excitava até as que preferiam homens. Sempre fui mulher de condimentos afrodisíacos.

Hoje sei que a culpa foi minha. Lembro-me de como me agradava deixar as minhas pontas livres. Aquando da minha ingenuidade, o que punha no meu corpo era a minha liberdade. A forma como lapidava as minhas curvas não estava apenas ligada à saúde, me deixava leve e isso me agradava. A culpa era minha por buscar uma felicidade que também os interessava. Lembro-me de quando comecei a frequentar o ginásio e os meus vizinhos começaram a questionar sobre o "felizardo". Eu os dizia que não era um felizardo, mas sim uma felizarda e que a mesma era eu. Eu havia decidido dar no duro pra mim mesma. Minha aparência estava directamente ligada ao meu bem-estar. Aquela era a minha felicidade ou pelo menos assim pensei, mas já sei que me equivoquei. Aquela era eu me preparando para te fazer feliz. Os meus vizinhos estavam certos. Como pode uma mulher se ornar pra si mesma?! Isso é incabível.

O espaço entre nós não era longo de impedir que ouvisses as tuas aspirações; as tuas estrepitosas aspirações. O modo lento como coadunaste os lábios permitiu-me sentir o ar sórdido que saía da tua boca. Estava tudo nos teus olhos, nos teus grandes e redondos olhos; negros como doces loengos, lindos, luminosos como pirilampos. Estava tudo nesses olhos persuasivos. A forma como te agradava me ver ensopada; tanto nos olhos como nas bochechas do meu outro rosto. Meus excretos te enrijeciam ainda mais e isso te incentivava a não parar.

A incontrolada dureza da tua chibata estava tatuada nesses faróis que herdaste do diabo, o teu pai e da desgraçada da tua mãe. Os culpados pela tua existência e, por conseguinte, a ausência da minha. A tua impiedade não passava despercebida. Até a tua esclera deixou de ser pura. Dela saia um negro em forma de vapor. Só entendi que era o fumo do incêndio da tua libido quando o fogo se evidenciou. Quando já não era graçola. Quando entendi que era mesmo aquilo que querias fazer. Aquele era mesmo estado em que me querias ter. Me querias ver daquele jeito. Não foi suficiente encenar. Precisavas fazer. Desejaste fazer. Escolheste fazer. Querias que as minhas feridas fossem reais. Que os meus choros me emagrentassem de verdade. E, que minhas lembranças não fossem sorridas.

Eu até sempre fui open-minded, como aconselhavam as prostitutas americanas. Quase já nem vivia em caixas há muito. Houve coisas que experimentei que se te contasse te sentirias minúsculo por te contentares com tão pouco. Não entendo por que não pediste simplesmente.

Afinal, quando te levei à loja de teor erótico já te tinhas empenhado em traçar o fim para a minha história. A descontraída viagem ao varejista não era o que tinhas em mente. Não querias um jogo. Não querias um dia, umas horas. Não querias um momento onde vendas, vergalhos e vibradores fossem tanto para mim quanto para ti. Hoje vejo o quão egoísta foste. Procuravas um deleitoso orgasmo só pra ti. Mas, não entendo. Sempre foi assim. Quem me dera saber o que te fez crer no contrário; se teus cansaços prematuros ou berros ludibriados. Por que seria diferente então?! Talvez quisesses um que em mim não deixasse espaço nem para um falso sorriso. Hoje vejo o quão perverso és.

Olhaste nos meus olhos e viste que o gozo não foi ambicionado. Eu sei que viste, por isso alargaste ligeiramente os teus lábios como puro sociopata. Expuseste a sujeira dos teus dentes sem qualquer vergonha. A fraqueza das tuas papas pelo meu rosto cruento não era resultado de cegas súplicas. Não era como as preces das rameiras. Não! E tu sabias disso.

Desconsideraste as minhas dores e deste vida aos teus prazeres.

Tentei livrar-me dos grilhões de pobre ré, mas não deu. As tuas gravatas de ouro e sapatos de couro estiveram a teu favor. Fui declarada como culpada por abraçar minha própria liberdade; por ser dona das minhas escolhas; me condenaram por essas se diferenciarem das deles. Foi fácil pra ti, afinal, a primeira-dama manteu-se ao teu lado. Não por desconhecer a verdade, mas por temê-la, talvez. Não sei como a burlaste dessa vez ou ela simplesmente decidiu aceitar tudo. Eu tentei mostrar o sangue nas minhas mãos, usá-lo como prova da minha negação, mas de nada me valeu. Não era a minha primeira vez e as minhas muitas outras vezes me sentenciavam de imediato.

"NÃO!" — "Porque não é não", — ensinavam os justadores. Fomos todas obrigadas a memorizar isso. Diziam ser uma ferramenta poderosa; uma que, sempre que a situação demandasse, deveríamos usar sem receio e convictas de que estaria ao nosso favor. Então, eu mostrei ter aprendido, mas eles decidiram não aceitar. Meus olhos encharcados, meu rosto manchado, nada os convenceu de que eu não queria; e de que te tivera mostrado isso também. Infelizmente pra mim, o clarão do teu casaco cegou os que seguravam a minha sorte.

Tentei esquecer a tirania, mas não podia, o resultado já se movia em mim e me obrigava a lembrar. Explorei inúmeras formas de acabar com a situação à que me submeteste, mas fui eu quem não mais viveu.

Hoje assisto os "santos" a apontar o meu fracasso e dos altos penso: —"ainda bem que eles não sabem do que eu sei". Se não fosse pelo falhanço da interrupção que voluntariamente provoquei, seria pelos anos por que me condenariam. Ou pelas grades, que aos poucos, me degradariam; me envelheceriam. Ou ainda pela raiva que me consumiria. Raiva por me roubarem o direito de reger meu próprio corpo e interferirem na forma como escolho investir na minha própria sanidade. De qualquer forma, conheceria o fim, a diferença é que, desse jeito, a escolha parece ter sido minha.

Considerou simplesmente ir; deixar tudo e encontrar uma próxima meta, mas ao medir perdas e ganhos, notou que para seus filhos poucos eram os ganhos. Estes últimos importavam mais do que qualquer outra coisa. Então, ela ficou.

MAIS FILHOS
PELOS FILHOS QUE
JÁ TEMOS

Hoje teriam nove não fosse a morte da quinta.

Anna-Bella viveu com Augusto Kiangala por quase trinta anos e durante esse tempo parir fez-se a tarefa mais exigente. Os quatro primeiros eram a verdade dos seus próprios desejos inclusive vieram tal como os traçou. Anna-Maria veio dois anos depois de Kiangala júnior, o primogénito, e os outros dois também vieram nessa ordem. A chegada de Anna-Madalena deu-se como a maior realização da sua vida. Deu-se como o epílogo do seu propósito na terra. Era exactamente o que havia traçado. Anna-Bella se viu completa. Quatro filhos num intervalo de dez anos; perfeito, tal como queria. A seu ver, qualquer outra definição de orgasmo era ilusão, aquilo é que era felicidade.

No tempo de beijos apenas, antes da colheita das flores, Anna-Bella, como mulher de visão, antecipou o seu futuro. Augusto Kiangala a pediu em casamento já sabendo que depois de exactamente dez anos ela voltaria ao mercado de trabalho e investiria nas suas idéias. Anna-Bella tinha uma forte ligação com as artes e sonhava explorá-la.

Segundo o contrato que contraíram, Anna-Bella casaria, gozaria nos setecentos-e-trinta dias de lua-de-mel, e nos próximos oito anos seguiria à letra a "bênção" de Gênesis-nove-um. Quanto a isso Augusto devia estar bem esclarecido.

Anna-Maria concluía o ensino primário quando Anna-Bella se deu conta do buraco em que estava. Não era suposto acontecer daquele jeito. Ela devia ter voltado ao trabalho pelo menos um ano antes da segunda filha concluir o primário. Assim estaria certo.

Para a infelicidade de Augusto Kiangala, Kitumba era o único empresário que se ofereceu para investir no negócio da sua mulher. Anna-Bella queria erguer um estúdio de artes. Um lugar onde ela poderia voltar a dar aulas de dança e oferecer outras actividades ligadas às manifestações de ordem estética. Para ela, isso era mais que um sonho, era a sua chance de viver.

Anna-Madalena, a quarta filha, apresentava indícios de que seria uma excelente desenhista. A menina adorava rabiscar, logo, era imprescindível que investisse no congênito talento da filha. Mas, de maneiras a complicar a execução do plano de Anna-Bella, as artes não eram muito apreciadas naquela comunidade, portanto, poucos eram os investidores que arriscavam dar ainda que com duras formalidades, aliás, até aquele instante, Anna-Bella só havia encontrado um e este era o que, aos olhos do marido, era desprezível.

Kitumba era muito bem conhecido, nacional e internacionalmente. Em quase todas as empresas de sucesso ele tinha o dedo enfiado. Algumas vezes literalmente, especialmente quando as mesmas eram dirigidas por portadoras de saias justas ou por néscios engravatados. Nesse último caso ele se envolvia com donas-de-casa quentes e entediadas. E Augusto Kiangala conhecia as histórias.

No andar da execução do projecto, Augusto apercebeu-se de quem era o bolso na camisa da sua esposa e decidiu que não; não aceitaria, independemente da ansiedade da mulher. De maneira alguma aceitaria um predador vaginal como sócio da sua esposa. — "Com ele tu não vais trabalhar e eu já disse." — Esse foi o começo da primeira discussão.

Kitumba era jovem nos finais dos seus trinta. Ele tinha mais dinheiro do que onça tinha pintas, mas ninguém sabia dizer ao certo a origem de tanta riqueza; não que se importassem também.

Por dormir em cama d'ouro nunca precisou acordar cedo para ir trabalhar. O que possivelmente ganharia no que chamava "modernas fábricas de servos", já havia alcançado sem fétido suor.

Kitumba não apreciava redundância e isso se traduzia até na forma como se relacionava com as mulheres. Não era de ficar com uma por muito tempo. O moço gordo, baixo e pouco garboso, era bastante meticuloso quanto as suas escolhas amorosas, embora isso não o impedisse de declinar de vez em quando considerando o trabalho que lhe davam as mais lúcidas.

Anna-dos-Milagres foi a quinta filha do casal.

Augusto Kiangala sabia da cisma da esposa com o nome "Anna" e entendia também, mas pela quinta filha desconfiou que houvesse algo mais do que uma simples tradição da sua família; uma mensagem ou um aviso talvez, mas deixou ser.

Chegou um ponto em que Anna-Bella se viu contra a parede, figurativa e literalmente. Kitumba a pôs entre os seus braços e deixou esses últimos repousarem no cinzento do tabique do seu escritório. Não a beijou; fez pior, dirigiu-a palavras que desconhecia. Bafejou no lóbulo da sua orelha que na altura estava adornada com as argolas que havia recebido do marido no seu décimo-segundo aniversário de casamento. Kitumba levou o seu olor nos perímetros de Anna-Bella como se a quisesse enlouquecer com os seus entorpecentes naturais. Naquele dia Anna-Bella foi a casa com as pernas a ziguezaguear.

"Amor, eu não te estou a impedir de ires atrás dos teus sonhos. Sabes que não!" — Augusto entendia a sanha da mulher, mas também entendia a sua, só não encontrava o meio-termo. Já haviam passado dois anos e uma filha desde que Anna-Bella concluiu o plano para a edificação do estúdio. O passo entre o papel e o primeiro bloco de argila tinha o Kitumba como vértice e Augusto Kiangala não estava inclinado a aceitar a situação.

"Claramente não me podes ajudar e fora ele ninguém mais se disponibilizou. Achas justo que abra mão dos meus sonhos só para suprimir os teus cornos imaginários?" — Quando Anna-Bella entendeu ela já tinha inquirido. — "Devias pelo menos conhecer a mulher que tens." — Para evitar que mais louças fossem partidas ela exprimiu as últimas palavras na esperança de que servissem como lenitivo para o marido.

"Tu sabes que eu tenho muito pra te dar, então não vou perder o tempo que já não tenho tentando te convencer disso." — Embora Kitumba quase nunca precisou se esforçar para ter as coisas que queria, houve vezes em que essas exigiam um pouco mais dele por seu aspecto desvantajoso. — "Eu sei que és casada, o anel no teu dedo deixa isso muito claro, mas o mô bizno é só contigo; não tem nada a ver com o Kiangala." — Ele era assim descarado.

Anna-Bella sabia que já tinha um contrato, alias, nunca considerou adquirir outro infelizmente as últimas discórdias com o marido não facilitavam o caso. Além disso, no trato deles já haviam cinco cláusulas e vinham mais duas. Anna-Marilda era a gêmea que mais chutava a barriga da mãe. Traquinas desde o útero.

Entre berros e louças reduzidas a fragmentos, Anna-Bella e Augusto Kiangala, tinham o sexo. Augusto nunca considerou a possibilidade de estar errado. Para ele a situação era clara, assim sendo, não se privava de noites orgásticas com a mulher. De maneira adversa, Anna-Bella procurava formas de se ver o mais distante possível dos condutos do esposo como forma de se acalmar. Até que inclusive isso se fez trabalho demais.

De acordo aos bons costumes e as santas doutrinas, as que lhe foram incutidas desde cedo, marido era marido, e isso também estava muito bem estipulado no contrato; deste modo, Anna-Bella sabia exactamente o que se esperava dela. Jamais faria algo que enfurecesse o deus que servia. Ela sabia que a deusa em si não era soberana.

Como Anna-Bella não conseguia trabalhar, pelos filhos que carregava e pela retenção dos seus projectos, se via muito em casa. Ora tinha os filhos, ora as escolas os tinham, então ficava aí entediada. Detestava se sentir culpada por tudo que sempre sonhou, ainda que em dose tripla. Detestava se entristecer pela ampliação da sua felicidade. Quem não daria tudo por uma gota de felicidade? Então, aquela confusão de sentimentos a torturava.

Depois de notar que Anna-Bella passou a ficar sempre embaixo, Augusto começou a entender que ela não estava aí por realmente desejar. A sua esposa, a mulher que cantava as notas mais altas aquando dos seus amassos, já não sentia nada. Não quando o toque era dele. Isso já não a deixava arrepiada como agora a deixavam os carregados suspiros de Kiangala perto dos ouvidos dela ainda que por simples medo e intensa raiva.

Por um lado, Anna temia perder seus sonhos; por outro, o que lhe custaria a sua concretização a enchia de uma exaltação profunda e violenta. No meio de toda aquela salada de sentimentos, ela deixou de ansiar o seu esposo como fazia antes, por isso também não gemia mais. Anna-Bella deixou de se esforçar como no começo. Considerou simplesmente ir; deixar tudo e encontrar uma próxima meta, mas ao medir perdas e ganhos, notou que para seus filhos poucos eram os ganhos. Estes últimos importavam mais do que qualquer outra coisa. Então, ela ficou. Anna-Bella passou a deitar-se no terreno das suas angústias deixando-se ser manipulada como se só estivesse a cumprir uma pena e mais nada.

De repente, nada mais os segurava ao contrato fora o próprio contrato e o que nele continha. Em poucos meses seriam sete cláusulas e seis partos. Cada parição se fazia reduzia suas chances de viver. Aquilo deixou de ser felicidade.

A Dona Anna Maria Madalena de Jesus, mãe de Anna-Bella, acreditava fortemente nas consequências do jipalo, era só apanhar isso e já era. Cria na desculpa que os mais velhos inventaram para manter a moral social aquando da imoralidade viril. O ocorrido só poderia ter sido pela aleivosia do homem que lhe pareceu erróneo desde o princípio. Estava convencida de que era mesmo isso que havia matado a sua neta —"Eh! Me ouvisse só". —Lamentou, com as mãos sobre a neta e os olhos na filha. Anna-dos-Milagres não adoeceu, apenas morreu. E, aos olhos da velha, não havia outra explicação admissível.

Não era segredo de que, depois de um tempo, Augusto começou a fazer outras viagens. Certo ou não pouco importava, ele tinha um pênis, então ninguém o crucificava. Ele ia por corpos que não eram o de Anna e isso sabiam até os vizinhos da Rua-4, mais especificamente os do Beco-666 onde vivia a Kumiko. Por essa altura Augusto ainda não sabia encobrir os seus passos tão bem como os veteranos.

Mas, também era verdade que Anna-Bella ia por seus próprios caminhos. Ela podia até não estar banhada com as impressões de Kitumba, porém, seus poros exalavam o cheiro desse homem de tanto que o teve por perto. Independentemente de se esconder por detrás da ausência de penetrações, ela também se deixou levar pelos encantos de outrem. Ter alguém encharcando o pavilhão da sua orelha a deixava esperançosa. Sentia um conforto condenatório, porém, satisfatório. E, sem culpa, ela se deixava viver tal alegria emprestada.

Os dois decidiram encontrar combustível em bombas diferentes, mas estava claro que Damásio era o único que cometia o erro de usar o bico de abastecimento alheio. Claramente, ele desconhecia as regras. Anna-Bella mantinha sua integridade intacta.

Independentemente de qualquer verdade oculta no que cria, Anna Maria Madalena de Jesus não tinha nada que provasse que erma exactamente as acções do seu genro que lhe haviam roubado a neta.

O único dever da Anna-dos-Milagres era ser a fortaleza dos pais, mas nem pra isso ela serviu; desgraçada.

“Já não aguento!” — Anna-Bella lamentou sobre o corpo da filha, mas fê-lo baixinho.

Depois das gémeas vieram mais dois.

POSFÁCIO

DOMINGAS MONTE

Domingas Monte é angolana, docente universitária, escritora e blogueira. É graduada em Línguas e Literaturas Africanas, pela Universidade Agostinho Neto e pós-graduada em Estudos Literários Culturais e Interartes pela Faculdade de Letras da Universidade do Porto.

VOZES

QUE DO ABISMO

ECOAM

DOMINGAS MONTE

A mulher, considerada do ponto de vista patriarcal como pertença de um padrão social e, por isso, obrigada a submeter-se, está sujeita a certos tipos de comportamentos que de alguma forma a distanciam de tomadas de decisões importantes, de manifestar as suas opiniões sobre variados assuntos, de manifestar o seu eu, as suas vontades e desejos; sempre foi colocada como geradora de filhos, doméstica e objecto sexual, nada mais que isso.

Este sistema ancorou os seus ideais na cultura e na Bíblia, para justificar actos de barbarismo contra a mulher, estando ela aprisionada por estes padrões, domesticada pelos homens, incapaz de expressar-se. A cultura aqui evocada, no caso, a negro africana, remete para a reverência pelos mais velhos, pelo sagrado e estima dos maridos. Porém, os homens na sua magnificência resolveram maltratar e violentar a mulher de forma moral e física.

Culturalmente, são ensinadas a submissão. O marido é autoridade e merece toda a consideração, mesmo com tirania por parte destes; *"vocês é que não aprendem, mesmo a vos ensinar, até hoje não sabem tratar bem os vossos maridos"*.

Ahetu, que do Kimbundu significa mulheres, traz-nos a essência da mulher angolana nas suas mais variadas formas. Levantam-se aqui algumas problemáticas que de uma, ou de outra maneira enfermam a vida dessa mulher que não quer parar de guerrear. Porém, apesar de ser acometida pela submissão, violência física e moral, fuga a paternidade e abandonada a sua sorte; ela reergue-se permanentemente, numa demanda ousada, caminhando para a liberdade, para a vitória.

Com efeito, mesmo oprimida, ela vai a pouco e pouco conquistando a sua liberdade, e faz ecoar a sua voz, numa musicalidade airosa. Compreende que precisa libertar-se das correntes machistas. *"Ao entender a significância da janela no além, a luta deixou de ser pelo afrouxar das suas pernas, pelo descansar dos seus olhos, e passou a ser pela transformação da sua própria mente, pelo discernimento do seu querer, pelo seu renascimento e pela independência das outras. Dieji deixou que o suor que lhe banhava significasse a tomada de atitude há muito carecida. Seu chegar seria essa acção".*

A obra é uma simbiose de despertamento e execução, desencadeados por uma tomada de consciência, que dão vazão a uma multiplicidade de vozes, ouvidas ao longo das narrativas. As várias mulheres aqui representadas tomam asas e se permitem viver e experienciar os prazeres da vida; *"primeira segunda-feira que faltou no serviço e dormiu distante do marido... Não era a primeira noite de Sandra afastada do esposo, mas era a primeira em que o separador entre eles deixou de ser uma das almofadas da sua cama king size".*

A viagem por "Ahetu: Vozes desprendidas" faz-nos atracar em cais voluptuosos, onde encontramos mulheres despidas de preconceitos para assumir os seus desejos; *"Dedicaste-te inteiramente ao alcance do mais alto grau de satisfação sem medo de te definires fácil, oferecida, ou qualquer outra coisa pejorativa. A tua petulante figura emanava uma fragância própria de mulher despreocupada. Sabias exactamente o que querias e ao encontrares te rendeste. Pensei em ensinar-te a minha língua, mas já me tinhas beijado. Pensei em mostrar-te as minhas vias, mas já te tinhas entregado. Pensei em saber do teu agrado, mas, de orgasmo, já te tinhas banhado. Por isso, deitei-me em ti sem previsões de me levantar."*

Eis aqui "Ahetu: Vozes Desprendidas", que com sacrifício e subtileza se levantaram do abismo, e fizeram ecoar as suas vozes.

BIOGRAFIA

Cláudia vê-se na complexidade de artista, e por tal se abstém de se definir no singular. É de nacionalidade angolana; nasceu em Luanda em 1993. É académica de Pedagogia com Ênfase em Educação Especial e vive mergulhada na arte de escrever desde tenra idade. Hoje, vai vogando com braços fortes por mares revoltos, porém, compensadores, marcando presença no mercado artístico nacional e internacional. Tendo já explorado uma variedade de géneros, Cláudia Cassoma estreou-se no mundo literário em 2013 com o poemário "Amores que nunca vivi"sob chancela da editora norte-americana "Trafford Publishing".

Actualmente, ela é autora de quatro obras literárias e tem as mesmas registadas na biblioteca do congresso norte-americano.

No seu repertório literário, além das quatro publicações supracitadas, Cláudia tem outras publicadas em periódicos internacionais, como: The Red Jacket (E.U.A., 2014), The Sligo Jornal (E.U.A., 2015), Best New African Poets (Camarões, 2015-16), Antologia de Textos Premiados da AVL (Brasil, 2016), The Wagon Magazine (Índia, 2017), Teixeira de Pascoaes Vol.III — Pensamento e Missão (Portugal, 2017), Concurso Literário de Itaporanga (Brasil, 2017) e The Best Emerging Poets Series (E.U.A, 2018).

Ela revela-se um íman de prémios e condecorações, atraindo prémios literários como o Maria José Maldonado de Literatura (Brasil, 2016), o de participação no Concurso Artístico Teixeira de Pascoaes (Portugal, 2017), e o de participação no 6o Concurso Literário de Itaporanga (Brasil, 2017). Por conta do seu trabalho na área de liderança, Cláudia foi nomeada para o prémio "Líder Emergente" como testemunho da admiração de colegas e professores pelo seu trabalho na área. Isso, ao mesmo tempo que recebia a sua terceira medalha e o quarto certificado pela sua aplicação no trabalho social.

A mulher e pessoa em Cláudia Cassoma também desagua seus interesses, de forma incansável, nos serviços sociais, rendendo-lhe um número de certificados e medalhas incluindo o Certificado de Cidadão Diplomata outorgado pela Universidade do Distrito de Columbia em Washington D.C. o que a inspirou a aderir, de uma forma mais enredada, ao terceiro sector com a criação da "SmallPrints", uma organização que fundou com a intenção de participar activamente na formação de uma sociedade justa e responsável pelo êxito da criança. Fazendo jus às suas certificações em liderança usou o seu gosto por lenços para criar e liderar eventos baseados nos princípios de empoderamento feminino estabelecidos pela Organização das Nações Unidas.

Embora a literatura esteja na essência da sua identidade artística, o talento e o potencial de Cláudia Cassoma distribuem-se na grande paixão por crianças, no serviço social, no activismo e noutras expressões artísticas. A menina que desde muito cedo experimentou e praticou a arte de escrever, hoje mulher, no seu longo, brilhante e desafiante caminho e com o seu elegante sorriso, nos diz que nem toda a guerra nos compele a levantar armas de fogo e a engolir berros, às vezes, basta o alvo papel com o contrário que se almeja (2016).

Auspiciosa, Cláudia segue caminhos que vão desde a arte da representação gráfica da linguagem aos que aproximam o mundo à sua metamorfose.

REPERTÓRIO LITERÁRIO

AHETU
VOZES DESPRENDIDAS
CLÁUDIA CASSOMA

Cânticos de Apego
CLÁUDIA CASSOMA

CLÁUDIA CASSOMA
PRETÉRITO PERFEITO

amores
que nunca vivi
CLÁUDIA CASSOMA

RESPONSABILIDADE
SOCIAL

O objectivo do projecto **FAÇA O BEM LENDO MAIS** é incentivar a leitura promovendo práticas de interesse social e comunitário. Como parte desse processo, uma percentagem do rendimento dos meus livros publicados é doada à causas sociais que beneficiam a comunidade.

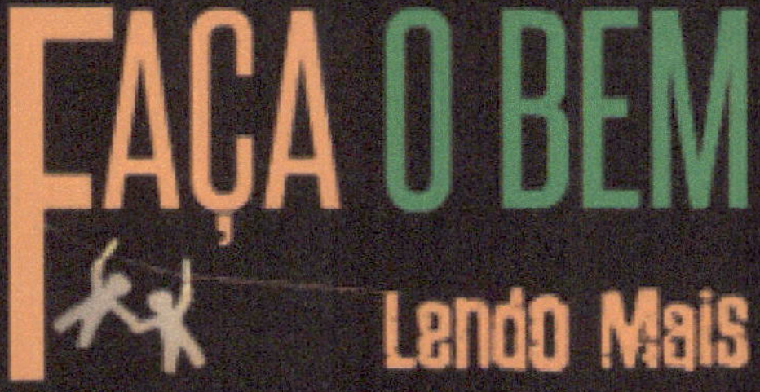

Este Livro

Proporção: 80%

Recipiente: Projecto Ahetu

+Info: www.claudiacassoma.com/responsabilidadesocial

DIARIO MUHATU

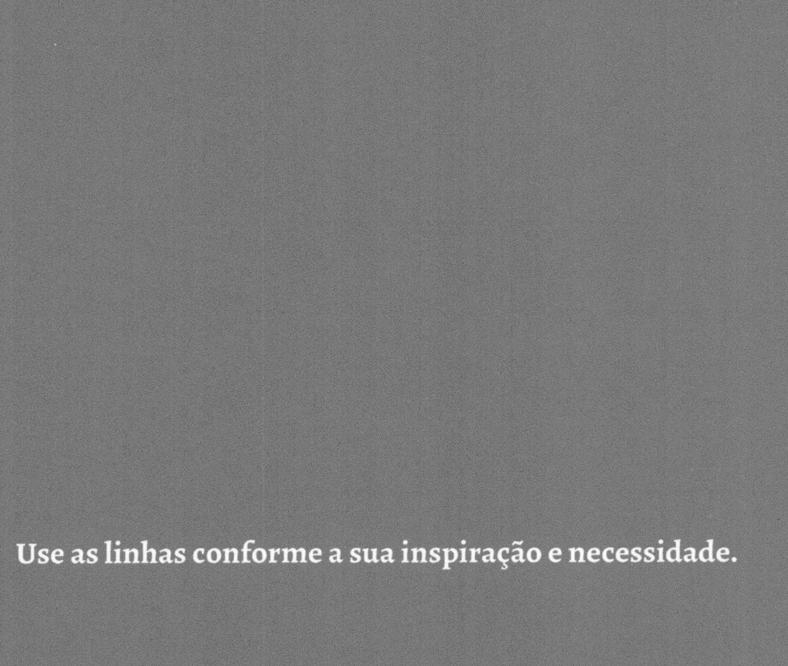

Use as linhas conforme a sua inspiração e necessidade.

www.claudiacassoma.com